AF549267

Hoffmann

Nussknacker und Mausekönig

E. T. A. Hoffmann

Nussknacker und Mausekönig

Mit einem Nachwort und Anmerkungen
von Alina Boy

Reclam

RECLAMS UNIVERSAL-BIBLIOTHEK Nr. 11403
2022 Philipp Reclam jun. Verlag GmbH,
Siemensstraße 32, 71254 Ditzingen
Umschlaggestaltung: Philipp Reclam jun. Verlag GmbH
Umschlagabbildung: Cover und Rücken: *Doktor Bartholo, aus dem Singspiel: Figaro's Hochzeit, nach Herrn Kaselitzens Darstellung*, 1808 (*Sammlung grotesker Gestalten nach Darstellungen auf dem K. National-Theater in Berlin. Gezeichnet und in Farben ausgeführt von E. T. W. Hoffmann. Erstes Heft. Nro.* 3), Staatsbibliothek Bamberg, I R 64 / Rückseite: *Drei jüngere Räte der Warschauer Regierung*, 1804
Druck und Bindung: GGP Media GmbH,
Karl-Marx-Straße 24, 07381 Pößneck
Printed in Germany 2022

ISBN 978-3-15-011403-2
www.reclam.de

Nussknacker und Mausekönig

Der Weihnachtsabend

Am vierundzwanzigsten Dezember durften die Kinder des Medizinalrats Stahlbaum den ganzen Tag über durchaus nicht in die Mittelstube hinein, viel weniger in das daran stoßende Prunkzimmer. In einem Winkel des Hinterstübchens zusammengekauert, saßen Fritz und Marie, die tiefe Abenddämmerung war eingebrochen und es wurde ihnen recht schaurig zumute, als man, wie es gewöhnlich an dem Tage geschah, kein Licht hereinbrachte. Fritz entdeckte ganz insgeheim wispernd der jüngern Schwester (sie war eben erst sieben Jahr alt worden) wie er schon seit frühmorgens es habe in den verschlossenen Stuben rauschen und rasseln, und leise pochen hören. Auch sei nicht längst ein kleiner dunkler Mann mit einem großen Kasten unter dem Arm über den Flur geschlichen, er wisse aber wohl, dass es niemand anders gewesen als Pate Droßelmeier. Da schlug Marie die kleinen Händchen vor Freude zusammen und rief: »Ach was wird nur Pate Droßelmeier für uns Schönes gemacht haben.« Der Obergerichtsrat Droßelmeier war gar kein hübscher Mann, nur klein und mager, hatte viele Runzeln im Gesicht, statt des rechten Auges ein großes schwarzes Pflaster und auch gar keine Haare, weshalb er eine sehr schöne weiße Perücke trug, die war aber von Glas und ein künstliches Stück Arbeit. Überhaupt war der Pate selbst auch ein sehr künstlicher Mann, der sich sogar auf Uhren verstand und selbst welche machen konnte. Wenn daher eine von den schönen Uhren in Stahlbaums Hause krank war und nicht singen konnte, dann kam Pate Droßelmeier, nahm die Glasperücke ab, zog sein gelbes Röckchen aus, band eine blaue Schürze um und stach mit spitzigen Instrumenten in die Uhr hinein, so dass es der kleinen Marie ordentlich wehe tat, aber es verursachte der Uhr gar keinen Schaden, sondern sie wurde vielmehr wieder lebendig und fing gleich an recht lustig zu schnurren, zu schlagen und zu singen, worüber denn alles große Freude hatte. Immer trug er, wenn er kam, was Hübsches für die Kinder in der Tasche, bald ein Männlein, das die Augen verdrehte und Komplimente machte, welches komisch anzusehen war, bald eine Dose, aus der ein Vögelchen heraushüpfte, bald was anderes. Aber zu Weihnachten, da hatte er immer ein schönes künstliches Werk verfertigt, das ihm viel Mühe gekostet, weshalb es auch, nachdem es einbeschert worden, sehr sorglich von den Eltern aufbewahrt wurde. – »Ach, was wird nur Pate Droßelmeier für uns Schönes gemacht haben«, rief nun Marie; Fritz meinte aber, es könne wohl diesmal nichts anders sein, als eine Festung, in der allerlei sehr hübsche Soldaten auf- und abmarschierten und exerzierten, und dann müssten andere Soldaten kommen, die in die Festung hineinwollten, aber nun schössen die Soldaten von innen tapfer heraus mit Kanonen, dass es tüchtig brauste und knallte. »Nein, nein«, unterbrach Marie den Fritz, »Pate Droßelmeier hat mir von einem schönen Garten erzählt, darin ist ein großer See, auf dem schwimmen sehr herrliche Schwäne mit goldnen Halsbändern herum und singen die hübschesten Lieder. Dann kommt ein kleines Mädchen aus dem Garten an den See und lockt die Schwäne heran und füttert sie mit süßem Marzipan.« »Schwäne fressen keinen Marzipan«, fiel Fritz etwas rau ein, »und einen ganzen Garten kann Pate Droßelmeier auch nicht machen. Eigentlich haben wir wenig von seinen Spielsachen; es wird uns ja alles gleich wieder weggenommen, da ist mir denn doch das viel lieber, was uns Papa und Mama einbescheren, wir behalten es fein und können damit machen, was wir wollen.« Nun rieten die Kinder hin und her, was es wohl diesmal wieder geben könne. Marie meinte, dass Mamsell Trutchen (ihre große Puppe) sich sehr verändere, denn ungeschickter als jemals fiele sie jeden Augenblick auf den Fußboden, welches ohne garstige Zeichen im Gesicht nicht abginge, und dann sei an Reinlichkeit in der Kleidung gar nicht mehr zu denken. Alles tüchtige Ausschelten helfe nichts. Auch habe Mama gelächelt, als sie sich über Gretchens kleinen Sonnenschirm so gefreut. Fritz versicherte dagegen, ein tüchtiger Fuchs fehle seinem Marstall durchaus, so wie seinen Truppen gänzlich an Kavallerie, das sei dem Papa recht gut bekannt. – So wussten die Kinder wohl, dass die Eltern ihnen allerlei schöne Gaben eingekauft hatten, die sie nun aufstellten, es war ihnen aber auch gewiss, dass dabei der liebe Heilige Christ mit gar freundlichen frommen Kindesaugen hineinleuchte und dass wie von segensreicher Hand berührt, jede Weihnachtsgabe herrliche Lust bereite wie keine andere. Daran erinnerte die Kinder, die immerfort von den zu erwartenden Geschenken wisperten, ihre ältere Schwester Luise hinzufügend, dass es nun aber auch der Heilige Christ sei, der durch die Hand der lieben Eltern den Kindern immer das beschere, was ihnen wahre Freude und Lust bereiten könne, das wisse er viel besser als die Kinder selbst, die müssten daher nicht allerlei wünschen und hoffen, sondern still und fromm erwarten, was ihnen beschert worden. Die kleine Marie wurde ganz nachdenklich, aber Fritz murmelte vor sich hin: »Einen Fuchs und Husaren hätt' ich nun einmal gern.«

Es war ganz finster geworden. Fritz und Marie, fest aneinandergerückt, wagten kein Wort mehr zu reden, es war ihnen als rausche es mit linden Flügeln um sie her und als ließe sich eine ganz ferne, aber sehr herrliche Musik vernehmen. Ein heller Schein streifte an der Wand hin, da wussten die Kinder, dass nun das Christkind auf glänzenden Wolken fortgeflogen zu andern glücklichen Kindern. In dem Augenblick ging es mit silberhellem Ton: Klingling, klingling, die Türen sprangen auf, und solch ein Glanz strahlte aus dem großen Zimmer hinein, dass die Kinder mit lautem Ausruf: »Ach! – Ach!« wie erstarrt auf der Schwelle stehen blieben. Aber Papa und Mama traten in die Türe, fassten die Kinder bei der Hand und sprachen: »Kommt doch nur, kommt doch nur, ihr lieben Kinder und seht, was euch der Heilige Christ beschert hat.«

Die Gaben

Ich wende mich an dich selbst, sehr geneigter Leser oder Zuhörer Fritz – Theodor – Ernst – oder wie du sonst heißen magst und bitte dich, dass du dir deinen letzten, mit schönen bunten Gaben reich geschmückten Weihnachtstisch recht lebhaft vor Augen bringen mögest, dann wirst du es dir wohl auch denken können, wie die Kinder mit glänzenden Augen ganz verstummt stehen blieben, wie erst nach einer Weile Marie mit einem tiefen Seufzer rief: »Ach wie schön – ach wie schön«, und Fritz einige Luftsprünge versuchte, die ihm überaus wohl gerieten. Aber die Kinder mussten auch das ganze Jahr über besonders artig und fromm gewesen sein, denn nie war ihnen so viel Schönes, Herrliches einbeschert worden als dieses Mal. Der große Tannenbaum in der Mitte trug viele goldne und silberne Äpfel, und wie Knospen und Blüten keimten Zuckermandeln und bunte Bonbons und was es sonst noch für schönes Naschwerk gibt, aus allen Ästen. Als das Schönste an dem Wunderbaum musste aber wohl gerühmt werden, dass in seinen dunkeln Zweigen hundert kleine Lichter wie Sternlein funkelten und er selbst, in sich hinein und heraus leuchtend, die Kinder freundlich einlud seine Blüten und Früchte zu pflücken. Um den Baum umher glänzte alles sehr bunt und herrlich – was es da alles für schöne Sachen gab – ja, wer das zu beschreiben vermöchte! Marie erblickte die zierlichsten Puppen, allerlei saubere kleine Gerätschaften und was vor allem schön anzusehen war, ein seidenes Kleidchen mit bunten Bändern zierlich geschmückt, hing an einem Gestell so der kleinen Marie vor Augen, dass sie es von allen Seiten betrachten konnte und das tat sie denn auch, indem sie ein Mal über das andere ausrief: »Ach das schöne, ach, das liebe – liebe Kleidchen; und das werde ich – ganz gewiss – das werde ich wirklich anziehen dürfen!« – Fritz hatte indessen schon drei- oder viermal um den Tisch herum galoppierend und trabend den neuen Fuchs versucht, den er in der Tat am Tische angezäumt gefunden. Wieder absteigend, meinte er, es sei eine wilde Bestie, das täte aber nichts, er wolle ihn schon kriegen, und musterte die neue Schwadron Husaren, die sehr prächtig in Rot und Gold gekleidet waren, lauter silberne Waffen trugen und auf solchen weißglänzenden Pferden ritten, dass man beinahe hätte glauben sollen, auch diese seien von purem Silber. Eben wollten die Kinder, etwas ruhiger geworden, über die Bilderbücher her, die aufgeschlagen waren, dass man allerlei sehr schöne Blumen und bunte Menschen, ja auch allerliebste spielende Kinder, so natürlich gemalt als lebten und sprächen sie wirklich, gleich anschauen konnte. – Ja! eben wollten die Kinder über diese wunderbaren Bücher her, als nochmals geklingelt wurde. Sie wussten, dass nun der Pate Droßelmeier einbescheren würde, und liefen nach dem an der Wand stehenden Tisch. Schnell wurde der Schirm, hinter dem er so lange versteckt gewesen, weggenommen. Was erblickten da die Kinder! – Auf einem grünen mit bunten Blumen geschmückten Rasenplatz stand ein sehr herrliches Schloss mit vielen Spiegelfenstern und goldnen Türmen. Ein Glockenspiel ließ sich hören, Türen und Fenster gingen auf, und man sah, wie sehr kleine, aber zierliche Herrn und Damen mit Federhüten und langen Schleppkleidern in den Sälen herumspazierten. In dem Mittelsaal, der ganz in Feuer zu stehen schien – so viel Lichterchen brannten an silbernen Kronleuchtern – tanzten Kinder in kurzen Wämschen und Röckchen nach dem Glockenspiel. Ein Herr in einem smaragdenen Mantel sah oft durch ein Fenster, winkte heraus und verschwand wieder, so wie auch Pate Droßelmeier selbst, aber kaum viel höher als Papas Daumen zuweilen unten an der Tür des Schlosses stand und wieder hineinging. Fritz hatte mit auf den Tisch gestemmten Armen das schöne Schloss und die tanzenden und spazierenden Figürchen angesehen, dann sprach er: »Pate Droßelmeier! Lass mich mal hineingehen in dein Schloss!« – Der Obergerichtsrat bedeutete ihn, dass das nun ganz und gar nicht anginge. Er hatte auch recht, denn es war töricht von Fritzen, dass er in ein Schloss gehen wollte, welches überhaupt mitsamt seinen goldnen Türmen nicht so hoch war, als er selbst. Fritz sah das auch ein. Nach einer Weile, als immerfort auf dieselbe Weise die Herrn und Damen hin und her spazierten, die Kinder tanzten, der smaragdne Mann zu demselben Fenster heraussah, Pate Droßelmeier vor die Türe trat, da rief Fritz ungeduldig: »Pate Droßelmeier, nun komm mal zu der andern Tür da drüben heraus.« »Das geht nicht, liebes Fritzchen«, erwiderte der Obergerichtsrat. »Nun so lass mal«, sprach Fritz weiter, »lass mal den grünen Mann, der so oft herauskuckt, mit den andern herumspazieren.« »Das geht auch nicht«, erwiderte der Obergerichtsrat aufs Neue. »So sollen die Kinder herunterkommen«, rief Fritz, »ich will sie näher besehen.« »Ei das geht alles nicht«, sprach der Obergerichtsrat verdrießlich, »wie die Mechanik nun einmal gemacht ist, muss sie bleiben.« »So-o?«, fragte Fritz mit gedehntem Ton, »das geht alles nicht? Hör mal Pate Droßelmeier, wenn deine kleinen geputzten Dinger in dem Schlosse nichts mehr können als immer dasselbe, da taugen sie nicht viel, und ich frage nicht sonderlich nach ihnen. – Nein, da lob' ich mir meine Husaren, die müssen manövrieren vorwärts, rückwärts, wie ich's haben will und sind in kein Haus eingesperrt.« Und damit sprang er fort an den

Weihnachtstisch und ließ seine Eskadron auf den silbernen Pferden hin und her trottieren und schwenken und einhauen und feuern nach Herzenslust. Auch Marie hatte sich sachte fortgeschlichen, denn auch sie wurde des Herumgehens und Tanzens der Püppchen im Schlosse bald überdrüssig, und mochte es, da sie sehr artig und gut war, nur nicht so merken lassen, wie Bruder Fritz. Der Obergerichtsrat Droßelmeier sprach ziemlich verdrießlich zu den Eltern: »Für unverständige Kinder ist solch künstliches Werk nicht, ich will nur mein Schloss wieder einpacken«; doch die Mutter trat hinzu und ließ sich den innern Bau und das wunderbare, sehr künstliche Räderwerk zeigen, wodurch die kleinen Püppchen in Bewegung gesetzt wurden. Der Rat nahm alles auseinander, und setzte es wieder zusammen. Dabei war er wieder ganz heiter geworden, und schenkte den Kindern noch einige schöne braune Männer und Frauen mit goldnen Gesichtern, Händen und Beinen. Sie waren sämtlich aus Thorn, und rochen so süß und angenehm wie Pfefferkuchen, worüber Fritz und Marie sich sehr erfreuten. Schwester Luise hatte, wie es die Mutter gewollt, das schöne Kleid angezogen, welches ihr einbeschert worden, und sah wunderhübsch aus, aber Marie meinte, als sie auch ihr Kleid anziehen sollte, sie möchte es lieber noch ein bisschen so ansehen. Man erlaubte ihr das gern.

Der Schützling

Eigentlich mochte Marie sich deshalb gar nicht von dem Weihnachtstisch trennen, weil sie eben etwas noch nicht Bemerktes entdeckt hatte. Durch das Ausrücken von Fritzens Husaren, die dicht an dem Baum in Parade gehalten, war nämlich ein sehr vortrefflicher kleiner Mann sichtbar geworden, der still und bescheiden dastand, als erwarte er ruhig, wenn die Reihe an ihn kommen werde. Gegen seinen Wuchs wäre freilich vieles einzuwenden gewesen, denn abgesehen davon, dass der etwas lange, starke Oberleib nicht recht zu den kleinen dünnen Beinchen passen wollte, so schien auch der Kopf bei weitem zu groß. Vieles machte die propre Kleidung gut, welche auf einen Mann von Geschmack und Bildung schließen ließ. Er trug nämlich ein sehr schönes violettglänzendes Husarenjäckchen mit vielen weißen Schnüren und Knöpfchen, ebensolche Beinkleider, und die schönsten Stiefelchen, die jemals an die Füße eines Studenten, ja wohl gar eines Offiziers gekommen sind. Sie saßen an den zierlichen Beinchen so knapp angegossen, als wären sie darauf gemalt. Komisch war es zwar, dass er zu dieser Kleidung sich hinten einen schmalen, unbeholfenen Mantel, der recht aussah wie von Holz, angehängt, und ein Bergmannsmützchen aufgesetzt hatte, indessen dachte Marie daran, dass Pate Droßelmeier ja auch einen sehr schlechten Matin umhänge, und eine fatale Mütze aufsetze, dabei aber doch ein gar lieber Pate sei. Auch stellte Marie die Betrachtung an, dass Pate Droßelmeier, trüge er sich auch übrigens so zierlich wie der Kleine, doch nicht einmal so hübsch als er aussehen werde. Indem Marie den netten Mann, den sie auf den ersten Blick liebgewonnen, immer mehr und mehr ansah, da wurde sie erst recht inne, welche Gutmütigkeit auf seinem Gesichte lag. Aus den hellgrünen, etwas zu großen hervorstehenden Augen sprach nichts als Freundschaft und Wohlwollen. Es stand dem Manne gut, dass sich um sein Kinn ein wohlfrisierter Bart von weißer Baumwolle legte, denn umso mehr konnte man das süße Lächeln des hochroten Mundes bemerken. »Ach!« rief Marie endlich aus: »Ach lieber Vater, wem gehört denn der allerliebste kleine Mann dort am Baum?« »Der«, antwortete der Vater, »der, liebes Kind! soll für euch alle tüchtig arbeiten, er soll euch fein die harten Nüsse aufbeißen, und er gehört Luisen ebenso gut, als dir und dem Fritz.« Damit nahm ihn der Vater behutsam vom Tische, und indem er den hölzernen Mantel in die Höhe hob, sperrte das Männlein den Mund weit, weit auf, und zeigte zwei Reihen sehr weißer spitzer Zähnchen. Marie schob auf des Vaters Geheiß eine Nuss hinein, und – knack – hatte sie der Mann zerbissen, dass die Schalen abfielen, und Marie den süßen Kern in die Hand bekam. Nun musste wohl jeder und auch Marie wissen, dass der zierliche kleine Mann aus dem Geschlecht der Nussknacker abstammte, und die Profession seiner Vorfahren trieb. Sie jauchzte auf vor Freude, da sprach der Vater: »Da dir, liebe Marie, Freund Nussknacker so sehr gefällt, so sollst du ihn auch besonders hüten und schützen, unerachtet, wie ich gesagt, Luise und Fritz ihn mit ebenso vielem Recht brauchen können als du!« – Marie nahm ihn sogleich in den Arm und ließ ihn Nüsse aufknacken, doch suchte sie die kleinsten aus, damit das Männlein nicht so weit den Mund aufsperren durfte, welches ihm doch im Grunde nicht gut stand. Luise gesellte sich zu ihr, und auch für sie musste Freund Nussknacker seine Dienste verrichten, welches er gern zu tun schien, da er immerfort sehr freundlich lächelte. Fritz war unterdessen vom vielen Exerzieren und Reiten müde geworden, und da er so lustig Nüsse knacken hörte, sprang er hin zu den Schwestern, und lachte recht von Herzen über den kleinen drolligen Mann, der nun, da Fritz auch Nüsse essen wollte, von Hand zu Hand ging, und gar nicht aufhören konnte mit Auf- und Zuschnappen. Fritz schob immer die größten und härtsten Nüsse hinein, aber mit einem Male ging es – krack – krack – und drei Zähnchen fielen aus des Nussknackers Munde, und sein ganzes Unterkinn war lose und wackligt. – »Ach, mein armer lieber Nussknacker!« schrie Marie laut, und nahm ihn dem Fritz aus den Händen. »Das ist ein einfältiger dummer Bursche«, sprach Fritz. »Will Nussknacker sein, und hat kein ordentliches Gebiss – mag wohl auch sein Handwerk gar nicht verstehn. – Gib ihn nur her, Marie! Er soll mir Nüsse zerbeißen, verliert er auch noch die übrigen Zähne, ja das ganze Kinn obendrein, was ist an dem Taugenichts gelegen.« »Nein, nein«, rief Marie weinend, »du bekommst ihn nicht, meinen lieben Nussknacker, sieh nur her, wie er mich so wehmütig anschaut, und mir sein wundes Mündchen zeigt! – Aber du bist ein hartherziger Mensch – du schlägst deine Pferde, und lässt wohl gar einen Soldaten totschießen.« – »Das muss so sein, das verstehst du nicht«, rief Fritz; »aber der Nussknacker gehört ebenso gut mir, als dir, gib ihn nur her.« – Marie fing an heftig zu weinen, und wickelte den kranken

Nussknacker schnell in ihr kleines Taschentuch ein. Die Eltern kamen mit dem Paten Droßelmeier herbei. Dieser nahm zu Mariens Leidwesen Fritzens Partie. Der Vater sagte aber: »Ich habe den Nussknacker ausdrücklich unter Mariens Schutz gestellt, und da, wie ich sehe, er dessen eben jetzt bedarf, so hat sie volle Macht über ihn, ohne dass jemand dreinzureden hat. Übrigens wundert es mich sehr von Fritzen, dass er von einem im Dienst Erkrankten noch fernere Dienste verlangt. Als guter Militär sollte er doch wohl wissen, dass man Verwundete niemals in Reihe und Glied stellt?« – Fritz war sehr beschämt, und schlich, ohne sich weiter um Nüsse und Nussknacker zu bekümmern, fort an die andere Seite des Tisches, wo seine Husaren, nachdem sie gehörige Vorposten ausgestellt hatten, ins Nachtquartier gezogen waren. Marie suchte Nussknackers verlorne Zähnchen zusammen, um das kranke Kinn hatte sie ein hübsches weißes Band, das sie von ihrem Kleidchen abgelöst, gebunden, und dann den armen Kleinen, der sehr blass und erschrocken aussah, noch sorgfältiger als vorher in ihr Tuch eingewickelt. So hielt sie ihn wie ein kleines Kind wiegend in den Armen, und besah die schönen Bilder des neuen Bilderbuchs, das heute unter den andern vielen Gaben lag. Sie wurde, wie es sonst gar nicht ihre Art war, recht böse, als Pate Droßelmeier so sehr lachte, und immerfort fragte, wie sie denn mit solch einem grundhässlichen kleinen Kerl so schöntun könne. – Jener sonderbare Vergleich mit Droßelmeier, den sie anstellte, als der Kleine ihr zuerst in die Augen fiel, kam ihr wieder in den Sinn, und sie sprach sehr ernst: »Wer weiß, lieber Pate, ob du denn, putztest du dich auch so heraus wie mein lieber Nussknacker, und hättest du auch solche schöne blanke Stiefelchen an, wer weiß, ob du denn doch so hübsch aussehen würdest, als er!« – Marie wusste gar nicht, warum denn die Eltern so laut auflachten, und warum der Obergerichtsrat solch eine rote Nase bekam, und gar nicht so hell mitlachte, wie zuvor. Es mochte wohl seine besondere Ursache haben.

Wunderdinge

Bei Medizinalrats in der Wohnstube, wenn man zur Türe hineintritt gleich links an der breiten Wand steht ein hoher Glasschrank, in welchem die Kinder all die schönen Sachen, die ihnen jedes Jahr einbeschert worden, aufbewahren. Die Luise war noch ganz klein, als der Vater den Schrank von einem sehr geschickten Tischler machen ließ, der so himmelhelle Scheiben einsetzte und überhaupt das Ganze so geschickt einzurichten wusste, dass alles drinnen sich beinahe blanker und hübscher ausnahm, als wenn man es in Händen hatte. Im obersten Fache, für Marien und Fritzen unerreichbar, standen des Paten Droßelmeier Kunstwerke, gleich darunter war das Fach für die Bilderbücher, die beiden untersten Fächer durften Marie und Fritz anfüllen wie sie wollten, jedoch geschah es immer, dass Marie das unterste Fach ihren Puppen zur Wohnung einräumte, Fritz dagegen in dem Fache drüber seine Truppen Kantonierungsquartiere beziehen ließ. So war es auch heute gekommen, denn, indem Fritz seine Husaren oben aufgestellt, hatte Marie unten Mamsell Trutchen beiseitegelegt, die neue schön geputzte Puppe in das sehr gut möblierte Zimmer hineingesetzt, und sich auf Zuckerwerk bei ihr eingeladen. Sehr gut möbliert war das Zimmer, habe ich gesagt, und das ist auch wahr, denn ich weiß nicht, ob du, meine aufmerksame Zuhörerin Marie! ebenso wie die kleine Stahlbaum (es ist dir schon bekannt worden, dass sie auch Marie heißt), ja! – ich meine, ob du ebenso wie diese, ein kleines schöngeblümtes Sofa, mehrere allerliebste Stühlchen, einen niedlichen Teetisch, vor allen Dingen aber ein sehr nettes blankes Bettchen besitzest, worin die schönsten Puppen ausruhen? Alles dieses stand in der Ecke des Schranks, dessen Wände hier sogar mit bunten Bilderchen tapeziert waren, und du kannst dir wohl denken, dass in *diesem* Zimmer die neue Puppe, welche, wie Marie noch denselben Abend erfuhr, Mamsell Clärchen hieß, sich sehr wohl befinden musste.

Es war später Abend geworden, ja Mitternacht im Anzuge, und Pate Droßelmeier längst fortgegangen, als die Kinder noch gar nicht wegkommen konnten von dem Glasschrank, sosehr auch die Mutter mahnte, dass sie doch endlich nun zu Bette gehen möchten. »Es ist wahr«, rief endlich Fritz, »die armen Kerls (seine Husaren meinend) wollen auch nun Ruhe haben, und solange ich da bin, wagt's keiner, ein bisschen zu nicken, das weiß ich schon!« Damit ging er ab; Marie aber bat gar sehr: »Nur noch ein Weilchen, ein einziges kleines Weilchen lass mich hier, liebe Mutter, hab ich ja doch manches zu besorgen, und ist das geschehen, so will ich ja gleich zu Bette gehen!« Marie war gar ein frommes vernünftiges Kind, und so konnte die gute Mutter wohl ohne Sorgen sie noch bei den Spielsachen allein lassen. Damit aber Marie nicht etwa gar zu sehr verlockt werde von der neuen Puppe und den schönen Spielsachen überhaupt, so aber die Lichter vergäße, die rings um den Wandschrank brennten, löschte die Mutter sie sämtlich aus, so dass nur die Lampe, die in der Mitte des Zimmers von der Decke herabhing, ein sanftes anmutiges Licht verbreitete. »Komm bald hinein, liebe Marie! sonst kannst du ja morgen nicht zu rechter Zeit aufstehen«, rief die Mutter, indem sie sich in das Schlafzimmer entfernte. Sobald sich Marie allein befand, schritt sie schnell dazu, was ihr zu tun recht auf dem Herzen lag, und was sie doch nicht, selbst wusste sie nicht, warum, der Mutter zu entdecken vermochte. Noch immer hatte sie den kranken Nussknacker eingewickelt in ihr Taschentuch auf dem Arm getragen. Jetzt legte sie ihn behutsam auf den Tisch, wickelte leise, leise das Tuch ab, und sah nach den Wunden. Nussknacker war sehr bleich, aber dabei lächelte er so wehmütig freundlich, dass es Marien recht durch das Herz ging. »Ach, Nussknackerchen«, sprach sie sehr leise, »sei nur nicht böse, dass Bruder Fritz dir so wehe getan hat, er hat es auch nicht so schlimm gemeint, er ist nur ein bisschen hartherzig geworden durch das wilde Soldatenwesen, aber sonst ein recht guter Junge, das kann ich dich versichern. Nun will ich dich aber auch recht sorglich so lange pflegen, bis du wieder ganz gesund und fröhlich geworden; dir deine Zähnchen recht fest einsetzen, dir die Schultern einrenken, das soll Pate Droßelmeier, der sich auf solche Dinge versteht.« – Aber nicht ausreden konnte Marie, denn indem sie den Namen Droßelmeier nannte, machte Freund Nussknacker ein ganz verdammt schiefes Maul, und aus seinen Augen fuhr es heraus, wie grünfunkelnde Stacheln. In dem Augenblick aber, dass Marie sich recht entsetzen wollte, war es ja wieder des ehrlichen Nussknackers wehmütig lächelndes Gesicht, welches sie anblickte, und sie wusste nun wohl, dass der von der Zugluft berührte, schnell auflodernde Strahl der Lampe im Zimmer Nussknackers Gesicht so entstellt hatte. »Bin ich nicht ein töricht Mädchen, dass ich so leicht erschrecke, so dass ich sogar glaube, das Holzpüppchen da könne mir Gesichter schneiden! Aber lieb ist mir doch Nussknacker gar zu sehr, weil er so komisch ist, und doch so gutmütig, und darum muss er gepflegt werden, wie sich's gehört!« Damit nahm Marie den Freund Nussknacker in den Arm, näherte sich dem Glasschrank, kauerte vor demselben, und sprach also zur neuen Puppe: »Ich bitte dich recht sehr, Mamsell Clärchen, tritt dein Bettchen dem kranken wunden Nussknacker ab, und behelfe dich, so gut wie es geht, mit dem Sofa. Bedenke, dass du sehr gesund, und recht bei Kräften bist, denn sonst würdest du nicht solche dicke dunkelrote Backen haben, und dass sehr wenige der allerschönsten Puppen solche weiche Sofas besitzen.«

Mamsell Clärchen sah in vollem glänzenden Weihnachtsputz sehr vornehm und verdrießlich aus, und sagte nicht »Muck!« »Was mache ich aber auch für Umstände«, sprach Marie, nahm das Bette hervor, legte sehr leise und sanft Nussknackerchen hinein, wickelte noch ein gar schönes Bändchen, das sie sonst um den Leib getragen, um die wunden Schultern und bedeckte ihn bis unter die Nase. »Bei der unartigen Kläre darf er aber nicht bleiben«, sprach sie weiter und hob das Bettchen samt dem darinne liegenden Nussknacker heraus in das obere Fach, so dass es dicht neben dem schönen Dorf zu stehen kam, wo Fritzens Husaren kantonierten. Sie verschloss den Schrank und wollte ins Schlafzimmer, da – horcht auf Kinder! – da fing es an leise – leise zu wispern und zu flüstern und zu rascheln ringsherum, hinter dem Ofen, hinter den Stühlen, hinter den Schränken. – Die Wanduhr schnurrte dazwischen lauter und lauter, aber sie konnte nicht schlagen. Marie blickte hin, da hatte die große vergoldete Eule, die darauf saß, ihre Flügel herabgesenkt, so dass sie die ganze Uhr überdeckten, und den hässlichen Katzenkopf mit krummem Schnabel weit vorgestreckt. Und stärker schnurrte es mit vernehmlichen Worten: »Uhr, Uhre, Uhre, Uhren, müsst alle nur leise schnurren, leise schnurren. – Mausekönig hat ja wohl ein feines Ohr – purrpurr – pum pum singt nur, singt ihm altes Liedlein vor – purr purr – pum pum schlag an Glöcklein, schlag an, bald ist es um ihn getan!« Und pum pum ging es ganz dumpf und heiser zwölfmal! – Marien fing an sehr zu grauen, und entsetzt wär' sie beinahe davongelaufen, als sie Pate Droßelmeier erblickte, der statt der Eule auf der Wanduhr saß und seine gelben Rockschöße von beiden Seiten wie Flügel herabgehängt hatte, aber sie ermannte sich und rief laut und weinerlich: »Pate Droßelmeier, Pate Droßelmeier, was willst du da oben? Komm herunter zu mir und erschrecke mich nicht so, du böser Pate Droßelmeier!« – Aber da ging ein tolles Kichern und Gepfeife los rund umher, und bald trottierte und lief es hinter den Wänden wie mit tausend kleinen Füßchen und tausend kleine Lichterchen blickten aus den Ritzen der Dielen. Aber nicht Lichterchen waren es, nein! kleine funkelnde Augen, und Marie wurde gewahr, dass überall Mäuse hervorguckten und sich hervorarbeiteten. Bald ging es trott – trott – hopp hopp in der Stube umher – immer lichtere und dichtere Haufen Mäuse galoppierten hin und her, und stellten sich endlich in Reihe und Glied, so wie Fritz seine Soldaten zu stellen pflegte, wenn es zur Schlacht gehen sollte. Das kam nun Marien sehr possierlich vor, und da sie nicht, wie manche andere Kinder, einen natürlichen Abscheu gegen Mäuse hatte, wollte ihr eben alles Grauen vergehen, als es mit einem Mal so entsetzlich und so schneidend zu pfeifen begann, dass es ihr eiskalt über den Rücken lief! – Ach was erblickte sie jetzt! – Nein, wahrhaftig, geehrter Leser Fritz, ich weiß, dass ebenso gut wie dem weisen und mutigen Feldherrn Fritz Stahlbaum dir das Herz auf dem rechten Flecke sitzt, aber, hättest du *das* gesehen, was Marien jetzt vor Augen kam, wahrhaftig du wärst davongelaufen, ich glaube sogar, du wärst schnell ins Bette gesprungen und hättest die Decke viel weiter über die Ohren gezogen als gerade nötig. – Ach! – das konnte die arme Marie ja nicht einmal tun, denn hört nur Kinder! – dicht dicht vor ihren Füßen sprühte es wie von unterirdischer Gewalt getrieben, Sand und Kalk und zerbröckelte Mauersteine hervor und sieben Mäuseköpfe mit sieben hellfunkelnden Kronen erhoben sich recht grässlich zischend und pfeifend aus dem Boden. Bald arbeitete sich auch der Mäusekörper, an dessen Hals die sieben Köpfe angewachsen waren, vollends hervor und der großen mit sieben Diademen geschmückten Maus jauchzte in vollem Chorus dreimal laut aufquiekend das ganze Heer entgegen, das sich nun auf einmal in Bewegung setzte und hott, hott – trott – trott ging es – ach geradezu auf den Schrank – geradezu auf Marien los, die noch dicht an der Glastüre des Schrankes stand. Vor Angst und Grauen hatte Marien das Herz schon so gepocht, dass sie glaubte, es müsse nun gleich aus der Brust herausspringen und dann müsste sie sterben; aber nun war es ihr, als stehe ihr das Blut in den Adern still. Halb ohnmächtig wankte sie zurück, da ging es klirr – klirr – prr und in Scherben fiel die Glasscheibe des Schranks herab, die sie mit dem Ellbogen eingestoßen. Sie fühlte wohl in dem Augenblick einen recht stechenden Schmerz am linken Arm, aber es war ihr auch plötzlich viel leichter ums Herz, sie hörte kein Quieken und Pfeifen mehr, es war alles ganz still geworden, und, obschon sie nicht hinblicken mochte, glaubte sie doch, die Mäuse wären von dem Klirren der Scheibe erschreckt wieder abgezogen in ihre Löcher. – Aber was war denn das wieder? – Dicht hinter Marien fing es an im Schrank auf seltsame Weise zu rumoren und ganz feine Stimmchen fingen an: »Aufgewacht – aufgewacht – woll'n zur Schlacht – noch diese Nacht – aufgewacht – auf zur Schlacht.« – Und dabei klingelte es mit harmonischen Glöcklein gar hübsch und anmutig! »Ach das ist ja mein kleines Glockenspiel«, rief Marie freudig, und sprang schnell zur Seite. Da sah sie wie es im Schrank ganz sonderbar leuchtete und herumwirtschaftete und hantierte. Es waren mehrere Puppen, die durcheinanderliefen und mit den kleinen Armen herumfochten. Mit einem Mal erhob sich jetzt Nussknacker, warf die Decke weit von sich und sprang mit beiden Füßen zugleich aus dem Bette, indem er laut rief: »Knack – knack – knack – dummes Mausepack – dummer toller Schnack – Mausepack – Knack – Knack – Mausepack – Krick und Krack – wahrer Schnack.« Und damit zog er sein kleines Schwert und schwang es in den Lüften und rief: »Ihr meine lieben Vasallen, Freunde und Brüder, wollt ihr mir beistehen im harten Kampf?« – Sogleich schrien heftig drei Skaramuzze, ein Pantalon, vier Schornsteinfeger, zwei Zitherspielmänner und ein Tambour: »Ja Herr – wir hängen Euch an in standhafter Treue – mit Euch ziehen wir in Tod, Sieg und Kampf!« und stürzten sich nach dem begeisterten Nussknacker, der den gefährlichen Sprung wagte, vom obern Fach herab. Ja! jene hatten gut sich herabstürzen, denn nicht allein dass sie reiche Kleider von Tuch und Seide trugen, so war inwendig im Leibe auch nicht viel anders als Baumwolle und Häcksel, daher plumpten sie auch herab wie Wollsäckchen. Aber der arme Nussknacker, der hätte gewiss Arm und Beine gebrochen, denn, denkt euch, es war beinahe zwei Fuß hoch vom Fache, wo er stand, bis zum untersten, und sein Körper war so spröde als sei er geradezu aus Lindenholz geschnitzt. Ja Nussknacker hätte gewiss Arm und Beine gebrochen, wäre, im Augenblick als er sprang, nicht auch Mamsell Clärchen schnell vom Sofa aufgesprungen und hätte den Helden mit dem gezogenen Schwert in ihren weichen Armen aufgefangen. »Ach du liebes gutes Clärchen!«, schluchzte Marie, »wie habe ich dich verkannt, gewiss gabst du Freund Nussknackern dein Bettchen recht gerne her!« Doch Mamsell Clärchen sprach jetzt, indem sie den jungen Helden sanft an ihre seidene Brust drückte: »Wollet Euch, o

Herr! krank und wund wie Ihr seid, doch nicht in Kampf und Gefahr begeben, seht wie Eure tapferen Vasallen kampflustig und des Sieges gewiss sich sammeln. Skaramuz, Pantalon, Schornsteinfeger, Zitherspielmann und Tambour sind schon unten und die Devisenfiguren in meinem Fache rühren und regen sich merklich! Wollet, o Herr! in meinen Armen ausruhen, oder von meinem Federhut herab Euern Sieg anschaun!« So sprach Clärchen, doch Nussknacker tat ganz ungebärdig und strampelte so sehr mit den Beinen, dass Clärchen ihn schnell herab auf den Boden setzen musste. In dem Augenblick ließ er sich aber sehr artig auf ein Knie nieder und lispelte: »O Dame! stets werd' ich Eurer mir bewiesenen Gnade und Huld gedenken in Kampf und Streit!« Da bückte sich Clärchen so tief herab, dass sie ihn beim Ärmchen ergreifen konnte, hob ihn sanft auf, löste schnell ihren mit vielen Flittern gezierten Leibgürtel los und wollte ihn dem Kleinen umhängen, doch der wich zwei Schritte zurück, legte die Hand auf die Brust, und sprach sehr feierlich: »Nicht so wollet, o Dame, Eure Gunst an mir verschwenden, denn« – er stockte, seufzte tief auf, riss dann schnell das Bändchen, womit ihn Marie verbunden hatte, von den Schultern, drückte es an die Lippen, hing es wie eine Feldbinde um, und sprang, das blankgezogene Schwertlein mutig schwenkend, schnell und behände wie ein Vögelchen über die Leiste des Schranks auf den Fußboden. – Ihr merkt wohl höchst geneigte und sehr vortreffliche Zuhörer, dass Nussknacker schon früher als er wirklich lebendig worden, alles Liebe und Gute, was ihm Marie erzeigte, recht deutlich fühlte, und dass er nur deshalb, weil er Marien so gar gut worden, auch nicht einmal ein Band von Mamsell Clärchen annehmen und tragen wollte, unerachtet es sehr glänzte und sehr hübsch aussah. Der treue gute Nussknacker putzte sich lieber mit Mariens schlichtem Bändchen. – Aber wie wird es nun weiter werden? – Sowie Nussknacker herabspringt, geht auch das Quieken und Piepen wieder los. Ach! unter dem großen Tische halten ja die fatalen Rotten unzähliger Mäuse und über alle ragt die abscheuliche Maus mit den sieben Köpfen hervor! – Wie wird das nun werden! –

Die Schlacht

»Schlagt den Generalmarsch, getreuer Vasalle Tambour!« schrie Nussknacker sehr laut und sogleich fing der Tambour an, auf die künstlichste Weise zu wirbeln, dass die Fenster des Glasschranks zitterten und dröhnten. Nun krackte und klapperte es drinnen und Marie wurde gewahr, dass die Deckel sämtlicher Schachteln worin Fritzens Armee einquartiert war mit Gewalt auf- und die Soldaten heraus und herab ins unterste Fach sprangen, dort sich aber in blanken Rotten sammelten. Nussknacker lief auf und nieder begeisterte Worte zu den Truppen sprechend: »Kein Hund von Trompeter regt und rührt sich«, schrie Nussknacker erbost, wandte sich aber dann schnell zum Pantalon, der etwas blass geworden, mit dem langen Kinn sehr wackelte, und sprach feierlich: »General, ich kenne Ihren Mut und Ihre Erfahrung, hier gilt's schnellen Überblick und Benutzung des Moments – ich vertraue Ihnen das Kommando sämtlicher Kavallerie und Artillerie an – ein Pferd brauchen Sie nicht, Sie haben sehr lange Beine und galoppieren damit leidlich. – Tun Sie jetzt, was Ihres Berufs ist.« Sogleich drückte Pantalon die dürren langen Fingerchen an den Mund und krähte so durchdringend, dass es klang als würden hundert helle Trompetlein lustig geblasen. Da ging es im Schrank an ein Wiehern und Stampfen, und siehe, Fritzens Kürassiere und Dragoner, vor allen Dingen aber die neuen glänzenden Husaren rückten aus, und hielten bald unten auf dem Fußboden. Nun defilierte Regiment auf Regiment mit fliegenden Fahnen und klingendem Spiel bei Nussknacker vorüber und stellte sich in breiter Reihe quer über den Boden des Zimmers. Aber vor ihnen her fuhren rasselnd Fritzens Kanonen auf, von den Kanonieren umgeben, und bald ging es bum – bum und Marie sah, wie die Zuckererbsen einschlugen in den dicken Haufen der Mäuse, die davon ganz weiß überpudert wurden und sich sehr schämten. Vorzüglich tat ihnen aber eine schwere Batterie viel Schaden, die auf Mamas Fußbank aufgefahren war und Pum – Pum – Pum, immer hintereinander fort Pfeffernüsse unter die Mäuse schoss, wovon sie umfielen. Die Mäuse kamen aber doch immer näher und überrannten sogar einige Kanonen, aber da ging es Prr – Prr, Prr, und vor Rauch und Staub konnte Marie kaum sehen, was nun geschah. Doch so viel war gewiss, dass jedes Korps sich mit der höchsten Erbitterung schlug, und der Sieg lange hin und her schwankte. Die Mäuse entwickelten immer mehr und mehr Massen, und ihre kleinen silbernen Pillen, die sie sehr geschickt zu schleudern wussten, schlugen schon bis in den Glasschrank hinein. Verzweiflungsvoll liefen Clärchen und Trutchen umher und rangen sich die Händchen wund. »Soll ich in meiner blühendsten Jugend sterben! – ich die schönste der Puppen!« schrie Clärchen. »Hab ich darum mich so gut konserviert, um hier in meinen vier Wänden umzukommen?« rief Trutchen. Dann fielen sie sich um den Hals, und heulten so sehr, dass man es trotz des tollen Lärms doch hören konnte. Denn von dem Spektakel, der nun losging, habt ihr kaum einen Begriff, werte Zuhörer. – Das ging – Prr – Prr – Puff, Piff – Schnetterdeng – Schnetterdeng – Bum, Burum, Bum – Burum – Bum – durcheinander und dabei quiekten und schrien Mauskönig und Mäuse, und dann hörte man wieder Nussknackers gewaltige Stimme, wie er nützliche Befehle austeilte und sah ihn, wie er über die im Feuer stehenden Bataillone hinwegschritt! – Pantalon hatte einige sehr glänzende Kavallerieangriffe gemacht und sich mit Ruhm bedeckt, aber Fritzens Husaren wurden von der Mäuseartillerie mit hässlichen, übelriechenden Kugeln beworfen, die ganz fatale Flecke in ihren roten Wämsern machten, weshalb sie nicht recht vor wollten. Pantalon ließ sie links abschwenken und in der Begeisterung des Kommandierens machte er es ebenso und seine Kürassiere und Dragoner auch, das heißt, sie schwenkten alle links ab, und gingen nach Hause. Dadurch geriet die auf der Fußbank postierte Batterie in Gefahr, und es dauerte auch gar nicht lange, so kam ein dicker Haufe sehr hässlicher Mäuse und rannte so stark an, dass die ganze Fußbank mitsamt den Kanonieren und Kanonen umfiel. Nussknacker schien sehr bestürzt, und befahl, dass der rechte Flügel eine rückgängige Bewegung machen solle. Du weißt, o mein kriegserfahrner Zuhörer Fritz! dass eine solche Bewegung machen, beinahe so viel heißt als davonlaufen und betrauerst mit mir schon jetzt das Unglück, was über die Armee des kleinen von Marie geliebten Nussknackers kommen sollte! – Wende jedoch dein Auge von diesem Unheil ab, und beschaue den linken Flügel der Nussknackerischen Armee, wo alles noch sehr gut steht und für Feldherrn und Armee viel zu hoffen ist. Während des hitzigsten Gefechts waren leise leise Mäusekavalleriemassen unter der Kommode herausdebouchiert, und hatten sich unter lautem grässlichen Gequiek mit Wut auf den linken Flügel der Nussknackerischen Armee geworfen, aber welchen Widerstand fanden sie da! – Langsam, wie es die Schwierigkeit des Terrains nur erlaubte, da die Leiste des Schranks zu passieren, war das Devisenkorps unter der Anführung zweier chinesischer Kaiser vorgerückt, und hatte sich *en quarré plein* formiert. – Diese wackern, sehr bunten und herrlichen Truppen, die aus vielen Gärtnern, Tirolern, Tungusen, Friseurs, Harlekins, Kupidos, Löwen, Tigern, Meerkatzen und Affen bestanden, fochten mit Fassung, Mut und Ausdauer. Mit spartanischer Tapferkeit hätte dies Bataillon von Eliten dem Feinde den Sieg entrissen, wenn nicht ein verwegener feindlicher Rittmeister tollkühn vordringend einem der chinesischen Kaiser den Kopf abgebissen und dieser im Fallen zwei Tungusen und eine Meerkatze erschlagen hätte. Dadurch entstand eine Lücke, durch die der Feind eindrang und bald war das ganze Bataillon zerbissen. Doch wenig Vorteil hatte der Feind von dieser Untat. Sowie ein Mäusekavallerist mordlustig einen der tapfern Gegner mittendurch zerbiss, bekam er einen kleinen gedruckten Zettel in den Hals, wovon er augenblicklich starb. – Half dies aber wohl auch der Nussknackerischen Armee, die, einmal rückgängig geworden, immer rückgängiger wurde und immer mehr Leute verlor, so dass der unglückliche Nussknacker nur mit einem gar kleinen Häufchen dicht vor dem Glasschranke hielt? »Die Reserve soll heran! – Pantalon – Skaramuz – Tambour – wo seid ihr?« – So schrie Nussknacker, der noch auf neue Truppen hoffte, die sich aus dem Glasschrank entwickeln sollten. Es kamen auch wirklich einige braune Männer und Frauen aus Thorn mit goldnen Gesichtern, Hüten und Helmen heran, die fochten aber so ungeschickt um sich herum, dass sie keinen der Feinde trafen und bald ihrem Feldherrn Nussknacker selbst die Mütze vom Kopfe heruntergefochten hätten. Die feindlichen Chasseurs bissen ihnen auch bald die Beine ab, so dass sie umstülpten und noch dazu einige von Nussknackers Waffenbrüdern erschlugen. Nun war Nussknacker vom Feinde dicht umringt, in der höchsten Angst und Not. Er wollte über die Leiste des Schranks springen, aber die Beine waren zu kurz, Clärchen und Trutchen lagen in Ohnmacht, sie konnten ihm nicht helfen – Husaren – Dragoner sprangen lustig bei ihm vorbei und hinein, da schrie er auf in heller Verzweiflung: »Ein Pferd – ein Pferd – ein Königreich für ein Pferd!« – In dem Augenblick packten ihn zwei feindliche Tirailleurs bei dem hölzernen Mantel und im Triumph aus sieben Kehlen aufquiekend, sprengte Mausekönig heran. Marie wusste sich nicht mehr zu fassen. »O mein armer Nussknacker! – mein armer Nussknacker!«, so rief sie schluchzend, fasste, ohne sich deutlich ihres Tuns bewusst zu sein, nach ihrem linken Schuh, und warf ihn mit Gewalt in den dicksten Haufen der Mäuse hinein auf ihren König. In dem Augenblick schien alles verstoben und verflogen, aber Marie empfand am linken Arm einen noch stechendern Schmerz als vorher und sank ohnmächtig zur Erde nieder.

Die Krankheit

Als Marie wie aus tiefem Todesschlaf erwachte, lag sie in ihrem Bettchen und die Sonne schien hell und funkelnd durch die mit Eis belegten Fenster in das Zimmer hinein. Dicht neben ihr saß ein fremder Mann, den sie aber bald für den Chirurgus Wendelstern erkannte. Der sprach leise: »Nun ist sie aufgewacht!« Da kam die Mutter herbei und sah sie mit recht ängstlich forschenden Blicken an. »Ach liebe Mutter«, lispelte die kleine Marie: »sind denn nun die hässlichen Mäuse alle fort, und ist denn der gute Nussknacker gerettet?« »Sprich nicht solch' albernes Zeug, liebe Marie«, erwiderte die Mutter, »was haben die Mäuse mit dem Nussknacker zu tun. Aber du böses Kind, hast uns allen recht viel Angst und Sorge gemacht. Das kommt davon her, wenn die Kinder eigenwillig sind und den Eltern nicht folgen. Du spieltest gestern bis in die tiefe Nacht hinein mit deinen Puppen. Du wurdest schläfrig, und mag es sein, dass ein hervorspringendes Mäuschen, deren es doch sonst hier nicht gibt, dich erschreckt hat; genug, du stießest mit dem Arm eine Glasscheibe des Schranks ein und schnittest dich so sehr in den Arm, dass Herr Wendelstern, der dir eben die noch in den Wunden steckenden Glasscherbchen herausgenommen hat, meint, du hättest, zerschnitt das Glas eine Ader, einen steifen Arm behalten, oder dich gar verbluten können. Gott sei gedankt, dass ich um Mitternacht erwachend, und dich noch so spät vermissend, aufstand, und in die Wohnstube ging. Da lagst du dicht neben dem Glasschrank ohnmächtig auf der Erde und blutetest sehr. Bald wär' ich vor Schreck auch ohnmächtig geworden. Da lagst du nun, und um dich her zerstreut erblickte ich viele von Fritzens bleiernen Soldaten und andere Puppen, zerbrochene Devisen, Pfefferkuchmänner; Nussknacker lag aber auf deinem blutenden Arme und nicht weit von dir dein linker Schuh.« »Ach Mütterchen, Mütterchen«, fiel Marie ein: »sehen Sie wohl, das waren ja noch die Spuren von der großen Schlacht zwischen den Puppen und Mäusen, und nur darüber bin ich so sehr erschrocken, als die Mäuse den armen Nussknacker, der die Puppenarmee kommandierte, gefangen nehmen wollten. Da warf ich meinen Schuh unter die Mäuse und dann weiß ich weiter nicht was vorgegangen.« Der Chirurgus Wendelstern winkte der Mutter mit den Augen und diese sprach sehr sanft zu Marien: »Lass es nur gut sein, mein liebes Kind! – beruhige dich, die Mäuse sind alle fort und Nussknackerchen steht gesund und lustig im Glasschrank.« Nun trat der Medizinalrat ins Zimmer und sprach lange mit dem Chirurgus Wendelstern; dann fühlte er Mariens Puls und sie hörte wohl, dass von einem Wundfieber die Rede war. Sie musste im Bette bleiben und Arzenei nehmen und so dauerte es einige Tage, wiewohl sie außer einigem

Schmerz am Arm sich eben nicht krank und unbehaglich fühlte. Sie wusste, dass Nussknackerchen gesund aus der Schlacht sich gerettet hatte, und es kam ihr manchmal wie im Traume vor, dass er ganz vernehmlich, wiewohl mit sehr wehmütiger Stimme sprach: »Marie, teuerste Dame, Ihnen verdanke ich viel, doch noch mehr können Sie für mich tun!« Marie dachte vergebens darüber nach, was das wohl sein könnte, es fiel ihr durchaus nicht ein. – Spielen konnte Marie gar nicht recht wegen des wunden Arms, und wollte sie lesen, oder in den Bilderbüchern blättern, so flimmerte es ihr seltsam vor den Augen, und sie musste davon ablassen. So musste ihr nun wohl die Zeit recht herzlich lang werden, und sie konnte kaum die Dämmerung erwarten, weil dann die Mutter sich an ihr Bett setzte, und ihr sehr viel Schönes vorlas und erzählte. Eben hatte die Mutter die vorzügliche Geschichte vom Prinzen Fakardin vollendet, als die Türe aufging, und der Pate Droßelmeier mit den Worten hineintrat: »Nun muss ich doch wirklich einmal selbst sehen, wie es mit der kranken und wunden Marie zusteht.« Sowie Marie den Paten Droßelmeier in seinem gelben Röckchen erblickte, kam ihr das Bild jener Nacht, als Nussknacker die Schlacht wider die Mäuse verlor, gar lebendig vor Augen, und unwillkürlich rief sie laut dem Obergerichtsrat entgegen: »O Pate Droßelmeier, du bist recht hässlich gewesen, ich habe dich wohl gesehen, wie du auf der Uhr saßest, und sie mit deinen Flügeln bedecktest, dass sie nicht laut schlagen sollte, weil sonst die Mäuse verscheucht worden wären, – ich habe es wohl gehört, wie du dem Mausekönig riefest! – warum kamst du dem Nussknacker, warum kamst du mir nicht zu Hülfe, du hässlicher Pate Droßelmeier, bist du denn nicht allein schuld, dass ich verwundet und krank im Bette liegen muss?« – Die Mutter fragte ganz erschrocken: »Was ist dir denn, liebe Marie?« Aber der Pate Droßelmeier schnitt sehr seltsame Gesichter, und sprach mit schnarrender, eintöniger Stimme: »Perpendikel musste schnurren – picken – wollte sich nicht schicken – Uhren – Uhren – Uhrenperpendikel müssen schnurren – leise schnurren – schlagen Glocken laut kling klang – Hink und Honk, und Honk und Hank – Puppenmädel, sei nicht bang! – schlagen Glöcklein, ist geschlagen, Mausekönig fortzujagen, kommt die Eul' im schnellen Flug – Pak und Pik, und Pik und Puk – Glöcklein bim bim – Uhren – schnurr schnurr – Perpendikel müssen schnurren – picken wollte sich nicht schicken – Schnarr und schnurr, und pirr und purr!« – Marie sah den Paten Droßelmeier starr mit großen Augen an, weil er ganz anders, und noch viel hässlicher aussah, als sonst, und mit dem rechten Arm hin und her schlug, als würd' er gleich einer Drahtpuppe gezogen. Es hätte ihr ordentlich grauen können vor dem Paten, wenn die Mutter nicht zugegen gewesen wäre, und wenn nicht endlich Fritz, der sich unterdessen hineingeschlichen, ihn mit lautem Gelächter unterbrochen hätte. »Ei, Pate Droßelmeier«, rief Fritz, »du bist heute wieder auch gar zu possierlich, du gebärdest dich ja wie mein Hampelmann, den ich längst hinter den Ofen geworfen.« Die Mutter blieb sehr ernsthaft, und sprach: »Lieber Herr Obergerichtsrat, das ist ja ein recht seltsamer Spaß, was meinen Sie denn eigentlich?« »Mein Himmel!«, erwiderte Droßelmeier lachend, »kennen Sie denn nicht mehr mein hübsches Uhrmacherliedchen? Das pfleg' ich immer zu singen bei solchen Patienten wie Marie.« Damit setzte er sich schnell dicht an Mariens Bette, und sprach: »Sei nur nicht böse, dass ich nicht gleich dem Mausekönig alle vierzehn Augen ausgehackt, aber es konnte nicht sein, ich will dir auch stattdessen eine rechte Freude machen.« Der Obergerichtsrat langte mit diesen Worten in die Tasche, und was er nun leise, leise hervorzog, war – der Nussknacker, dem er sehr geschickt die verlornen Zähnchen fest eingesetzt, und den lahmen Kinnbacken eingerenkt hatte. Marie jauchzte laut auf vor Freude, aber die Mutter sagte lächelnd: »Siehst du nun wohl, wie gut es Pate Droßelmeier mit deinem Nussknacker meint?« »Du musst es aber doch eingestehen, Marie«, unterbrach der Obergerichtsrat die Medizinalrätin, »du musst es aber doch eingestehen, dass Nussknacker nicht eben zum Besten gewachsen und sein Gesicht nicht eben schön zu nennen ist. Wie sotane Hässlichkeit in seine Familie gekommen und vererbt worden ist, das will ich dir wohl erzählen, wenn du es anhören willst. Oder weißt du vielleicht schon die Geschichte von der Prinzessin Pirlipat, der Hexe Mauserinks und dem künstlichen Uhrmacher?« »Hör mal«, fiel hier Fritz unversehens ein, »hör mal, Pate Droßelmeier, die Zähne hast du dem Nussknacker richtig eingesetzt, und der Kinnbacken ist auch nicht mehr so wackelig, aber warum fehlt ihm das Schwert, warum hast du ihm kein Schwert umgehängt?« »Ei«, erwiderte der Obergerichtsrat ganz unwillig, »du musst an allem mäkeln und tadeln, Junge! – Was geht mich Nussknackers Schwert an, ich habe ihn am Leibe kuriert, mag er sich nun selbst ein Schwert schaffen wie er will.« »Das ist wahr«, rief Fritz, »ist's ein tüchtiger Kerl, so wird er schon Waffen zu finden wissen!« »Also Marie«, fuhr der Obergerichtsrat fort, »sage mir, ob du die Geschichte weißt von der Prinzessin Pirlipat?« »Ach nein«, erwiderte Marie, »erzähle, lieber Pate Droßelmeier, erzähle!« »Ich hoffe«, sprach die Medizinalrätin, »ich hoffe, lieber Herr Obergerichtsrat, dass Ihre Geschichte nicht so graulich sein wird, wie gewöhnlich alles ist, was Sie erzählen?« »Mitnichten, teuerste Frau Medizinalrätin«, erwiderte Droßelmeier, »im Gegenteil ist das gar spaßhaft, was ich vorzutragen die Ehre haben werde.« »Erzähle, o erzähle, lieber Pate«, so riefen die Kinder, und der Obergerichtsrat fing also an:

Das Märchen von der harten Nuss

»Pirlipats Mutter war die Frau eines Königs, mithin eine Königin, und Pirlipat selbst in demselben Augenblick, als sie geboren wurde, eine geborne Prinzessin. Der König war außer sich vor Freude über das schöne Töchterchen, das in der Wiege lag, er jubelte laut auf, er tanzte und schwenkte sich auf einem Beine, und schrie ein Mal über das andere: ›Heisa! – hat man was Schöneres jemals gesehen, als mein Pirlipatchen?‹ – Aber alle Minister, Generale und Präsidenten und Stabsoffiziere sprangen, wie der Landesvater, auf einem Beine herum, und schrien sehr: ›Nein, niemals!‹ Zu leugnen war es aber auch in der Tat gar nicht, dass wohl, solange die Welt steht, kein schöneres Kind geboren wurde, als eben Prinzessin Pirlipat. Ihr Gesichtchen war wie von zarten lilienweißen und rosenroten Seidenflocken gewebt, die Äugelein lebendige funkelnde Azure, und es stand hübsch, dass die Löckchen sich in lauter glänzenden Goldfaden kräuselten. Dazu hatte Pirlipatchen zwei Reihen kleiner Perlzähnchen auf die Welt gebracht, womit sie zwei Stunden nach der Geburt dem Reichskanzler in den Finger biss, als er die Lineamente näher untersuchen wollte, so dass er laut aufschrie: ›O jemine!‹ – Andere behaupten, er habe, ›Au weh!‹ geschrien, die Stimmen sind noch heutzutage darüber sehr geteilt. – Kurz, Pirlipatchen biss wirklich dem Reichskanzler in den Finger, und das entzückte Land wusste nun, dass auch Geist, Gemüt und Verstand in Pirlipats kleinem engelschönen Körperchen wohne. – Wie gesagt, alles war vergnügt, nur die Königin war sehr ängstlich und unruhig, niemand wusste, warum? Vorzüglich fiel es auf, dass sie Pirlipats Wiege so sorglich bewachen ließ. Außer dem, dass die Türen von Trabanten besetzt waren, mussten, die beiden Wärterinnen dicht an der Wiege abgerechnet, noch sechs andere, Nacht für Nacht rings umher in der Stube sitzen. Was aber ganz närrisch schien, und was niemand begreifen konnte, jede dieser sechs Wärterinnen musste einen Kater auf den Schoß nehmen, und ihn die ganze Nacht streicheln, dass er immerfort zu spinnen genötigt wurde. Es ist unmöglich, dass ihr, lieben Kinder, erraten könnt, warum Pirlipats Mutter all' diese Anstalten machte, ich weiß es aber, und will es euch gleich sagen. – Es begab sich, dass einmal an dem Hofe von Pirlipats Vater viele vortreffliche Könige und sehr angenehme Prinzen versammelt waren, weshalb es denn sehr glänzend herging, und viel Ritterspiele, Komödien und Hofbälle gegeben wurden. Der König, um recht zu zeigen, dass es ihm an Gold und Silber gar nicht mangle, wollte nun einmal einen recht tüchtigen Griff in den Kronschatz tun, und was Ordentliches daraufgehen lassen. Er ordnete daher, zumal er von dem Oberhofküchenmeister insgeheim erfahren, dass der Hofastronom die Zeit des Einschlachtens angekündigt, einen großen Wurstschmaus an, warf sich in den Wagen, und lud selbst sämtliche Könige und Prinzen – nur auf einen Löffel Suppe ein, um sich der Überraschung mit dem Köstlichen zu erfreuen. Nun sprach er sehr freundlich zur Frau Königin: ›Dir ist ja schon bekannt, Liebchen! wie ich die Würste gernhabe!‹ – Die Königin wusste schon, was er damit sagen wollte, es hieß nämlich nichts anders, als sie selbst sollte sich, wie sie auch sonst schon getan, dem sehr nützlichen Geschäft des Wurstmachens unterziehen. Der Oberschatzmeister musste sogleich den großen goldnen Wurstkessel und die silbernen Kasserollen zur Küche abliefern; es wurde ein großes Feuer von Sandelholz angemacht, die Königin band ihre damastene Küchenschürze um, und bald dampften aus dem Kessel die süßen Wohlgerüche der Wurstsuppe. Bis in den Staatsrat drang der anmutige Geruch; der König, von innerem Entzücken erfasst, konnte sich nicht halten. ›Mit Erlaubnis, meine Herren!‹ rief er, sprang schnell nach der Küche, umarmte die Königin, rührte etwas mit dem goldnen Zepter in dem Kessel und kehrte dann beruhigt in den Staatsrat zurück. Eben nun war der wichtige Punkt gekommen, dass der Speck in Würfel geschnitten, und auf silbernen Rosten geröstet werden sollte. Die Hofdamen traten ab, weil die Königin dies Geschäft aus treuer Anhänglichkeit und Ehrfurcht vor dem königlichen Gemahl allein unternehmen wollte. Allein sowie der Speck zu braten anfing, ließ sich ein ganz feines wisperndes Stimmchen vernehmen: ›Von dem Brätlein gib mir auch, Schwester! – will auch schmausen, bin ja auch Königin – gib mir von dem Brätlein!‹ – Die Königin wusste wohl, dass es Frau Mauserinks war, die also sprach. Frau Mauserinks wohnte schon seit vielen Jahren in des Königs Palast. Sie behauptete, mit der königlichen Familie verwandt und selbst Königin in dem Reiche Mausolien zu sein, deshalb hatte sie auch eine große Hofhaltung unter dem Herde. Die Königin war eine gute mildtätige Frau, wollte sie daher auch sonst Frau Mauserinks nicht gerade als Königin und als ihre Schwester anerkennen, so gönnte sie ihr doch von Herzen an dem festlichen Tage die Schmauserei, und rief: ›Kommt nur hervor, Frau Mauserinks, Ihr möget immerhin von meinem Speck genießen.‹ Da kam auch Frau Mauserinks sehr schnell und lustig hervorgehüpft, sprang auf den Herd, und ergriff mit den zierlichen kleinen Pfötchen ein Stückchen Speck nach dem andern, das ihr die Königin hinlangte. Aber nun kamen alle Gevattern und Muhmen der Frau Mauserinks hervorgesprungen, und auch sogar ihre sieben Söhne, recht unartige Schlingel, die machten sich über den Speck her, und nicht wehren konnte ihnen die erschrockene Königin. Zum Glück kam die Oberhofmeisterin dazu, und verjagte die zudringlichen Gäste, so dass noch etwas Speck übrig blieb, welcher, nach Anweisung des herbeigerufenen Hofmathematikers sehr künstlich auf alle Würste verteilt wurde. – Pauken und

Trompeten erschallten, alle anwesenden Potentaten und Prinzen zogen in glänzenden Feierkleidern zum Teil auf weißen Zeltern, zum Teil in kristallnen Kutschen zum Wurstschmause. Der König empfing sie mit herzlicher Freundlichkeit und Huld, und setzte sich dann als Landesherr mit Kron und Zepter angetan, an die Spitze des Tisches. Schon in der Station der Leberwürste sah man, wie der König immer mehr und mehr erblasste, wie er die Augen gen Himmel hob – leise Seufzer entflohen seiner Brust – ein gewaltiger Schmerz schien in seinem Innern zu wühlen! Doch in der Station der Blutwürste sank er laut schluchzend und ächzend, in den Lehnsessel zurück, er hielt beide Hände vors Gesicht, er jammerte und stöhnte. – Alles sprang auf von der Tafel, der Leibarzt bemühte sich vergebens des unglücklichen Königs Puls zu erfassen, ein tiefer, namenloser Jammer schien ihn zu zerreißen. Endlich, endlich, nach vielem Zureden, nach Anwendung starker Mittel, als da sind, gebrannte Federposen und dergleichen, schien der König etwas zu sich selbst zu kommen, er stammelte kaum hörbar die Worte: ›Zu wenig Speck.‹ Da warf sich die Königin trostlos ihm zu Füßen und schluchzte: ›O mein armer unglücklicher königlicher Gemahl! – o welchen Schmerz mussten Sie dulden! – Aber sehen Sie hier die Schuldige zu Ihren Füßen – strafen, strafen Sie sie hart, – Ach – Frau Mauserinks mit ihren sieben Söhnen, Gevattern und Muhmen hat den Speck aufgefressen und‹ – damit fiel die Königin rücklings über in Ohnmacht. Aber der König sprang voller Zorn auf und rief laut: ›Oberhofmeisterin, wie ging das zu?‹ Die Oberhofmeisterin erzählte, so viel sie wusste, und der König beschloss Rache zu nehmen an der Frau Mauserinks und ihrer Familie, die ihm den Speck aus der Wurst weggefressen hatten. Der Geheime Staatsrat wurde berufen, man beschloss, der Frau Mauserinks den Prozess zu machen, und ihre sämtliche Güter einzuziehen; da aber der König meinte, dass sie unterdessen ihm doch noch immer den Speck wegfressen könnte, so wurde die ganze Sache dem Hofuhrmacher und Arkanisten übertragen. Dieser Mann, der ebenso hieß, als ich, nämlich Christian Elias Droßelmeier, versprach durch eine ganz besonders staatskluge Operation die Frau Mauserinks mit ihrer Familie auf ewige Zeiten aus dem Palast zu vertreiben. Er erfand auch wirklich kleine, sehr künstliche Maschinen, in die an einem Fädchen gebratener Speck getan wurde, und die Droßelmeier rings um die Wohnung der Frau Speckfresserin aufstellte. Frau Mauserinks war viel zu weise, um nicht Droßelmeiers List einzusehen, aber alle ihre Warnungen, alle ihre Vorstellungen halfen nichts, von dem süßen Geruch des gebratenen Specks verlockt, gingen alle sieben Söhne und viele, viele Gevattern und Muhmen der Frau Mauserinks in Droßelmeiers Maschinen hinein, und wurden, als sie eben den Speck wegnaschen wollten, durch ein plötzlich vorfallendes Gitter gefangen, dann aber in der Küche selbst schmachvoll hingerichtet. Frau Mauserinks verließ mit ihrem kleinen Häufchen den Ort des Schreckens. Gram, Verzweiflung, Rache erfüllte ihre Brust. Der Hof jubelte sehr, aber die Königin war besorgt, weil sie die Gemütsart der Frau Mauserinks kannte, und wohl wusste, dass sie den Tod ihrer Söhne und Verwandten nicht ungerächt hingehen lassen würde. In der Tat erschien auch Frau Mauserinks, als die Königin eben für den königlichen Gemahl einen Lungenmus bereitete, den er sehr gern aß, und sprach: ›Meine Söhne – meine Gevattern und Muhmen sind erschlagen, gib wohl Acht, Frau Königin, dass Mausekönigin dir nicht dein Prinzesschen entzweibeißt – gib wohl Acht.‹ Darauf verschwand sie wieder, und ließ sich nicht mehr sehen, aber die Königin war so erschrocken, dass sie den Lungenmus ins Feuer fallen ließ, und zum zweiten Mal verdarb Frau Mauserinks dem Könige eine Lieblingsspeise, worüber er sehr zornig war. – Nun ist's aber genug für heute Abend, künftig das Übrige.«

Sosehr auch Marie, die bei der Geschichte ihre ganz eignen Gedanken hatte, den Pate Droßelmeier bat, doch nur ja weiterzuerzählen, so ließ er sich doch nicht erbitten, sondern sprang auf, sprechend: »Zu viel auf einmal ist ungesund, morgen das Übrige.« Eben als der Obergerichtsrat im Begriff stand, zur Tür hinauszuschreiten, fragte Fritz: »Aber sag mal, Pate Droßelmeier, ist's denn wirklich wahr, dass du die Mausefallen erfunden hast?« »Wie kann man nur so albern fragen«, rief die Mutter, aber der Obergerichtsrat lächelte sehr seltsam, und sprach leise: »Bin ich denn nicht ein künstlicher Uhrmacher und sollt' nicht einmal Mausefallen erfinden können.«

Fortsetzung des Märchens von der harten Nuss

»Nun wisst ihr wohl, Kinder«, so fuhr der Obergerichtsrat Droßelmeier am nächsten Abende fort, »nun wisst ihr wohl Kinder, warum die Königin das wunderschöne Prinzesschen Pirlipat so sorglich bewachen ließ. Musste sie nicht fürchten, dass Frau Mauserinks ihre Drohung erfüllen, wiederkommen, und das Prinzesschen totbeißen würde? Droßelmeiers Maschinen halfen gegen die kluge und gewitzigte Frau Mauserinks ganz und gar nichts, und nur der Astronom des Hofes, der zugleich Geheimer Oberzeichen- und Sterndeuter war, wollte wissen, dass die Familie des Katers Schnurr imstande sein werde, die Frau Mauserinks von der Wiege abzuhalten; demnach geschah es also, dass jede der Wärterinnen einen der Söhne jener Familie, die übrigens bei Hofe als Geheime Legationsräte angestellt waren, auf dem Schoße halten, und durch schickliches Krauen ihm den beschwerlichen Staatsdienst zu versüßen suchen musste. Es war einmal schon Mitternacht, als die eine der beiden Geheimen Oberwärterinnen, die dicht an der Wiege saßen, wie aus tiefem Schlafe auffuhr. – Alles rund umher lag vom Schlafe befangen – kein Schnurren – tiefe Totenstille, in der man das Picken des Holzwurms vernahm! – doch wie ward der Geheimen Oberwärterin, als sie dicht vor sich eine große, sehr hässliche Maus erblickte, die auf den Hinterfüßen aufgerichtet stand, und den fatalen Kopf auf das Gesicht der Prinzessin gelegt hatte. Mit einem Schrei des Entsetzens sprang sie auf, alles erwachte, aber in dem Augenblick rannte Frau Mauserinks (niemand anders war die große Maus an Pirlipats Wiege) schnell nach der Ecke des Zimmers. Die Legationsräte stürzten ihr nach, aber zu spät – durch eine Ritze in dem Fußboden des Zimmers war sie verschwunden. Pirlipatchen erwachte von dem Rumor, und weinte sehr kläglich. ›Dank dem Himmel‹, riefen die Wärterinnen, ›sie lebt!‹ Doch wie groß war ihr Schrecken, als sie hinblickten nach Pirlipatchen, und wahrnahmen, was aus dem schönen zarten Kinde geworden. Statt des weiß und roten goldgelockten Engelsköpfchens saß ein unförmlicher dicker Kopf auf einem winzig kleinen zusammengekrümmten Leibe, die azurblauen Äugelein hatten sich verwandelt in grüne hervorstehende starrblickende Augen, und das Mündchen hatte sich verzogen von einem Ohr zum andern. Die Königin wollte vergehen in Wehklagen und Jammer, und des Königs Studierzimmer musste mit wattierten Tapeten ausgeschlagen werden, weil er ein Mal über das andere mit dem Kopf gegen die Wand rannte, und dabei mit sehr jämmerlicher Stimme rief: ›O ich unglückseliger Monarch!‹ – Er konnte zwar nun einsehen, dass es besser gewesen wäre, die Würste ohne Speck zu essen, und die Frau Mauserinks mit ihrer Sippschaft unter dem Herde in Ruhe zu lassen, daran dachte aber Pirlipats königlicher Vater nicht, sondern er schob einmal alle Schuld auf den Hofuhrmacher und Arkanisten Christian Elias Droßelmeier aus Nürnberg. Deshalb erließ er den weisen Befehl, Droßelmeier habe binnen vier Wochen die Prinzessin Pirlipat in den vorigen Zustand herzustellen, oder wenigstens ein bestimmtes untrügliches Mittel anzugeben, wie dies zu bewerkstelligen sei, widrigenfalls er dem schmachvollen Tode unter dem Beil des Henkers verfallen sein solle. – Droßelmeier erschrak nicht wenig, indessen vertraute er bald seiner Kunst und seinem Glück und schritt sogleich zu der ersten Operation, die ihm nützlich schien. Er nahm Prinzesschen Pirlipat sehr geschickt auseinander, schrob ihr Händchen und Füßchen ab, und besah sogleich die innere Struktur, aber da fand er leider, dass die Prinzessin, je größer, desto unförmlicher werden würde, und wusste sich nicht zu raten und zu helfen. Er setzte die Prinzessin behutsam wieder zusammen, und versank an ihrer Wiege, die er nie verlassen durfte, in Schwermut. Schon war die vierte Woche angegangen – ja bereits Mittwoch, als der König mit zornfunkelnden Augen hineinblickte, und mit dem Zepter drohend rief: ›Christian Elias Droßelmeier, kuriere die Prinzessin, oder du musst sterben!‹ Droßelmeier fing an bitterlich zu weinen, aber Prinzesschen Pirlipat knackte vergnügt Nüsse. Zum ersten Mal fiel dem Arkanisten Pirlipats ungewöhnlicher Appetit nach Nüssen, und der Umstand auf, dass sie mit Zähnchen zur Welt gekommen. In der Tat hatte sie gleich nach der Verwandlung so lange geschrien, bis ihr zufällig eine Nuss vorkam, die sie sogleich aufknackte, den Kern aß, und dann ruhig wurde. Seit der Zeit konnten die Wärterinnen nicht geraten, ihr Nüsse zu bringen. ›O heiliger Instinkt der Natur, ewig unerforschliche Sympathie aller Wesen‹, rief Christian Elias Droßelmeier aus: ›du zeigst mir die Pforte zum Geheimnis, ich will anklopfen, und sie wird sich öffnen!‹ Er bat sogleich um die Erlaubnis, mit dem Hofastronom sprechen zu können, und wurde mit starker Wache hingeführt. Beide Herren umarmten sich unter vielen Tränen, da sie zärtliche Freunde waren, zogen sich dann in ein geheimes Kabinett zurück, und schlugen viele Bücher nach, die von dem Instinkt, von den Sympathien und Antipathien und andern geheimnisvollen Dingen handelten. Die Nacht brach herein, der Hofastronom sah nach den Sternen, und stellte mit Hülfe des auch hierin sehr geschickten Droßelmeiers das Horoskop der Prinzessin Pirlipat. Das war eine große Mühe, denn die Linien verwirrten sich immer mehr und mehr, endlich aber – welche Freude, endlich lag es klar vor ihnen, dass die Prinzessin Pirlipat, um den Zauber, der sie verhässlicht, zu lösen, und um wieder so schön zu werden, als vorher, nichts zu tun hätte, als den süßen Kern der Nuss Krakatuk zu genießen.

Die Nuss Krakatuk hatte eine solche harte Schale, dass eine achtundvierzigpfündige Kanone darüber wegfahren konnte, ohne sie zu zerbrechen. Diese harte Nuss musste aber von einem Manne, der noch nie rasiert worden und der niemals Stiefeln getragen, vor der Prinzessin aufgebissen und ihr von ihm mit geschlossenen Augen der Kern dargereicht werden. Erst nachdem er sieben Schritte rückwärts gegangen, ohne zu stolpern, durfte der junge Mann wieder die Augen erschließen. Drei Tage und drei Nächte hatte Droßelmeier mit dem Astronomen ununterbrochen gearbeitet und es saß gerade des Sonnabends der König bei dem Mittagstisch, als Droßelmeier, der Sonntag in aller Frühe geköpft werden sollte, voller Freude und Jubel hineinstürzte und das gefundene Mittel, der Prinzessin Pirlipat die verlorene Schönheit wiederzugeben, verkündete. Der König umarmte ihn mit heftigem Wohlwollen, versprach ihm einen diamantenen Degen, vier Orden und zwei neue Sonntagsröcke. ›Gleich nach Tische‹, setzte er freundlich hinzu, ›soll es ans Werk gehen, sorgen Sie, teurer Arkanist, dass der junge unrasierte Mann in Schuhen mit der Nuss Krakatuk gehörig bei der Hand sei, und lassen Sie ihn vorher keinen Wein trinken, damit er nicht stolpert, wenn er sieben Schritte rückwärtsgeht wie ein Krebs, nachher kann er erklecklich saufen!‹ Droßelmeier wurde über die Rede des Königs sehr bestürzt, und nicht ohne Zittern und Zagen brachte er es stammelnd heraus, dass das Mittel zwar gefunden wäre, beides, die Nuss Krakatuk und der junge Mann zum Aufbeißen derselben aber erst gesucht werden müssten, wobei es noch obenein zweifelhaft bliebe, ob Nuss und Nussknacker jemals gefunden werden dürften. Hocherzürnt schwang der König den Zepter über das gekrönte Haupt, und schrie mit einer Löwenstimme: ›So bleibt es bei dem Köpfen.‹ Ein Glück war es für den in Angst und Not versetzten Droßelmeier, dass dem Könige das Essen gerade den Tag sehr wohl geschmeckt hatte, er mithin in der guten Laune war, vernünftigen Vorstellungen Gehör zu geben, an denen es die großmütige und von Droßelmeiers Schicksal gerührte Königin nicht mangeln ließ. Droßelmeier fasste Mut und stellte zuletzt vor, dass er doch eigentlich die Aufgabe, das Mittel, wodurch die Prinzessin geheilt werden könne, zu nennen gelöst, und sein Leben gewonnen habe. Der König nannte das dumme Ausreden und einfältigen Schnickschnack, beschloss aber endlich, nachdem er ein Gläschen Magenwasser zu sich genommen, dass beide, der Uhrmacher und der Astronom, sich auf die Beine machen und nicht anders als mit der Nuss Krakatuk in der Tasche wiederkehren sollten. Der Mann zum Aufbeißen derselben sollte, wie es die Königin vermittelte, durch mehrmaliges Einrücken einer Aufforderung in einheimische und auswärtige Zeitungen und Intelligenzblätter herbeigeschafft werden.« – Der Obergerichtsrat brach hier wieder ab, und versprach, den andern Abend das Übrige zu erzählen.

Beschluss des Märchens von der harten Nuss

Am andern Abende, sowie kaum die Lichter angesteckt worden, fand sich Pate Droßelmeier wirklich wieder ein, und erzählte also weiter. »Droßelmeier und der Hofastronom waren schon funfzehn Jahre unterwegs, ohne der Nuss Krakatuk auf die Spur gekommen zu sein. Wo sie überall waren, welche sonderbare seltsame Dinge ihnen widerfuhren, davon könnt' ich euch, ihr Kinder, vier Wochen lang erzählen, ich will es aber nicht tun, sondern nur gleich sagen, dass Droßelmeier in seiner tiefen Betrübnis zuletzt eine sehr große Sehnsucht nach seiner lieben Vaterstadt Nürnberg empfand. Ganz besonders überfiel ihn diese Sehnsucht, als er gerade einmal mit seinem Freunde mitten in einem großen Walde in Asien ein Pfeifchen Knaster rauchte. ›O schöne – schöne Vaterstadt Nürnberg – schöne Stadt, wer dich nicht gesehen hat, mag er auch viel gereist sein nach London, Paris und Peterwardein, ist ihm das Herz doch nicht aufgegangen, muss er doch stets nach dir verlangen – nach dir, o Nürnberg, schöne Stadt, die schöne Häuser mit Fenstern hat.‹ – Als Droßelmeier so sehr wehmütig klagte, wurde der Astronom von tiefem Mitleiden ergriffen und fing so jämmerlich zu heulen an, dass man es weit und breit in Asien hören konnte. Doch fasste er sich wieder, wischte sich die Tränen aus den Augen und fragte: ›Aber wertgeschätzter Kollege, warum sitzen wir hier und heulen? warum gehen wir nicht nach Nürnberg, ist's denn nicht gänzlich egal, wo und wie wir die fatale Nuss Krakatuk suchen?‹ ›Das ist auch wahr‹, erwiderte Droßelmeier getröstet. Beide standen alsbald auf, klopften die Pfeifen aus, und gingen schnurgerade in einem Strich fort, aus dem Walde mitten in Asien, nach Nürnberg. Kaum waren sie dort angekommen, so lief Droßelmeier schnell zu seinem Vetter, dem Puppendrechsler, Lackierer und Vergolder Christoph Zacharias Droßelmeier, den er in vielen vielen Jahren nicht mehr gesehen. *Dem* erzählte nun der Uhrmacher die ganze Geschichte von der Prinzessin Pirlipat, der Frau Mauserinks und der Nuss Krakatuk, so dass der ein Mal über das andere die Hände zusammenschlug und voll Erstaunen ausrief: ›Ei Vetter, Vetter, was sind das für wunderbare Dinge!‹ Droßelmeier erzählte weiter von den Abenteuern seiner weiten Reise, wie er zwei Jahre bei dem Dattelkönig zugebracht, wie er vom Mandelfürsten schnöde abgewiesen, wie er bei der naturforschenden Gesellschaft in Eichhornshausen vergebens angefragt, kurz wie es ihm überall misslungen sei, auch nur eine Spur von der Nuss Krakatuk zu erhalten. Während dieser Erzählung hatte Christoph Zacharias oftmals mit den Fingern geschnippt – sich auf einem Fuße herumgedreht – mit der Zunge geschnalzt – dann gerufen – ›Hm hm – I – Ei – O – das wäre der Teufel!‹ – Endlich warf er Mütze und Perücke in die Höhe, umhalste den Vetter mit Heftigkeit und rief: ›Vetter – Vetter! Ihr seid geborgen, geborgen seid Ihr, sag ich, denn alles müsste mich trügen, oder ich besitze selbst die Nuss Krakatuk.‹ Er holte alsbald eine Schachtel hervor, aus der er eine vergoldete Nuss von mittelmäßiger Größe hervorzog. ›Seht‹, sprach er, indem er die Nuss dem Vetter zeigte, ›seht, mit dieser Nuss hat es folgende Bewandtnis: Vor vielen Jahren kam einst zur Weihnachtszeit ein fremder Mann mit einem Sack voll Nüssen hierher, die er feilbot. Gerade vor meiner Puppenbude geriet er in Streit, und setzte den Sack ab, um sich besser gegen den hiesigen Nussverkäufer, der nicht leiden wollte, dass der Fremde Nüsse verkaufe, und ihn deshalb angriff, zu wehren. In dem Augenblick fuhr ein schwer beladener Lastwagen über den Sack, alle Nüsse wurden zerbrochen bis auf eine, die mir der fremde Mann, seltsam lächelnd, für einen blanken Zwanziger vom Jahre 1720 feilbot. Mir schien das wunderbar, ich fand gerade einen solchen Zwanziger in meiner Tasche, wie ihn der Mann haben wollte, kaufte die Nuss und vergoldete sie, selbst nicht recht wissend, warum ich die Nuss so teuer bezahlte und dann so wert hielt.‹ Jeder Zweifel, dass des Vetters Nuss wirklich die gesuchte Nuss Krakatuk war, wurde augenblicklich gehoben, als der herbeigerufene Hofastronom das Gold sauber abschabte, und in der Rinde der Nuss das Wort Krakatuk mit chinesischen Charakteren eingegraben fand. Die Freude der Reisenden war groß, und der Vetter der glücklichste Mensch unter der Sonne, als Droßelmeier ihm versicherte, dass sein Glück gemacht sei, da er außer einer ansehnlichen Pension hinfüro alles Gold zum Vergolden umsonst erhalten werde. Beide, der Arkanist und der Astronom, hatten schon die Schlafmützen aufgesetzt und wollten zu Bette gehen, als Letzterer, nämlich der Astronom, also anhob: ›Bester Herr Kollege, ein Glück kommt nie allein – Glauben Sie, nicht nur die Nuss Krakatuk, sondern auch den jungen Mann, der sie aufbeißt und den Schönheitskern der Prinzessin darreicht, haben wir gefunden! – Ich meine niemanden anders, als den Sohn Ihres Herrn Vetters! – Nein, nicht schlafen will ich‹, fuhr er begeistert fort, ›sondern noch in dieser Nacht des Jünglings Horoskop stellen!‹ – Damit riss er die Nachtmütze vom Kopf und fing gleich an zu observieren. – Des Vetters Sohn war in der Tat ein netter, wohlgewachsener Junge, der noch nie rasiert worden und niemals Stiefel getragen. In früher Jugend war er zwar ein paar Weihnachten hindurch ein Hampelmann gewesen, das merkte man ihm aber nicht im Mindesten an, so war er durch des Vaters Bemühungen ausgebildet worden. An den Weihnachtstagen trug er einen schönen roten Rock mit Gold, einen Degen, den Hut unter dem Arm und eine vorzügliche Frisur mit einem Haarbeutel. So stand er sehr glänzend in seines Vaters Bude und knackte aus angeborner Galanterie den jungen Mädchen die Nüsse auf, weshalb sie ihn auch schön Nussknackerchen nannten. – Den andern Morgen fiel der Astronom dem Arkanisten entzückt um den Hals und rief: ›Er ist es, wir haben ihn, er ist gefunden; nur zwei Dinge, liebster Kollege, dürfen wir nicht außer Acht lassen. Fürs Erste müssen Sie Ihrem vortrefflichen Neffen einen robusten hölzernen Zopf flechten, der mit dem untern Kinnbacken so in Verbindung steht, dass dieser dadurch stark angezogen werden kann; dann müssen wir aber, kommen wir nach der Residenz, auch sorgfältig verschweigen, dass wir den jungen Mann, der die Nuss Krakatuk aufbeißt, gleich mitgebracht haben; er muss sich vielmehr lange nach uns einfinden. Ich lese in dem Horoskop, dass der König, zerbeißen sich erst einige die Zähne ohne weitern Erfolg, dem, der die Nuss aufbeißt und der Prinzessin die verlorene Schönheit wiedergibt, Prinzessin und Nachfolge im Reich zum Lohn versprechen wird.‹ Der Vetter Puppendrechsler war gar höchlich damit zufrieden, dass sein Söhnchen die Prinzessin Pirlipat heiraten und Prinz und König werden sollte, und überließ ihn daher den Gesandten gänzlich. Der Zopf, den Droßelmeier dem jungen hoffnungsvollen Neffen ansetzte, geriet überaus wohl, so dass er mit dem Aufbeißen der härtesten Pfirsichkerne die glänzendsten Versuche anstellte.

Da Droßelmeier und der Astronom das Auffinden der Nuss Krakatuk sogleich nach der Residenz berichtet, so waren dort auch auf der Stelle die nötigen Aufforderungen erlassen worden, und als die Reisenden mit dem Schönheitsmittel ankamen, hatten sich schon viele hübsche Leute, unter denen es sogar Prinzen gab, eingefunden, die ihrem gesunden Gebiss vertrauend, die Entzaubrung der Prinzessin versuchen wollten. Die Gesandten erschraken nicht wenig, als sie die Prinzessin wiedersahen. Der kleine Körper mit den winzigen Händchen und Füßchen konnte kaum den unförmlichen Kopf tragen. Die Hässlichkeit des Gesichts wurde noch durch einen weißen baumwollenen Bart vermehrt, der sich um Mund und Kinn gelegt hatte. Es kam alles so, wie es der Hofastronom im Horoskop gelesen. Ein Milchbart in Schuhen nach dem andern biss sich an der Nuss Krakatuk Zähne und Kinnbacken wund, ohne der Prinzessin im Mindesten zu helfen, und wenn er dann von den dazu bestellten Zahnärzten halb ohnmächtig weggetragen wurde, seufzte er: ›Das war eine harte Nuss!‹ – Als nun der König in der Angst seines Herzens dem, der die Entzauberung vollenden werde, Tochter und Reich versprochen, meldete sich der artige sanfte Jüngling Droßelmeier und bat auch den Versuch beginnen zu dürfen. Keiner als der junge Droßelmeier hatte so sehr der Prinzessin Pirlipat gefallen; sie legte die kleinen Händchen auf das Herz und seufzte recht innig: ›Ach wenn es doch *der* wäre, der die Nuss Krakatuk wirklich aufbeißt und mein Mann wird.‹ Nachdem der junge Droßelmeier den König und die Königin, dann aber die Prinzessin Pirlipat, sehr höflich gegrüßt, empfing er aus den Händen des Oberzeremonienmeisters die Nuss Krakatuk, nahm sie ohne Weiteres zwischen die Zähne, zog stark den Zopf an, und Krak – Krak zerbröckelte die Schale in viele Stücke. Geschickt reinigte er den Kern von den noch daran hängenden Fasern und überreichte ihn mit einem untertänigen Kratzfuß der Prinzessin, worauf er die Augen verschloss und rückwärtszuschreiten begann. Die Prinzessin verschluckte alsbald den Kern, und o Wunder! – verschwunden war die Missgestalt, und statt ihrer stand ein engelschönes Frauenbild da, das Gesicht wie von lilienweißen und rosaroten Seidenflocken gewebt, die Augen wie glänzende Azure, die vollen Locken wie von Goldfaden gekräuselt. Trompeten und Pauken mischten sich in den lauten Jubel des Volks. Der König, sein ganzer Hof, tanzte wie bei Pirlipats Geburt auf einem Beine, und die Königin musste mit *Eau de Cologne* bedient werden, weil sie in Ohnmacht gefallen vor Freude und Entzücken. Der große Tumult brachte den jungen Droßelmeier, der noch seine sieben Schritte zu vollenden hatte, nicht wenig aus der Fassung, doch hielt er sich und streckte eben den rechten Fuß aus zum siebenten Schritt, da erhob sich, hässlich piepend und quiekend, Frau Mauserinks aus dem Fußboden, so dass Droßelmeier, als er den Fuß niedersetzen wollte, auf sie trat und dermaßen stolperte, dass er beinahe gefallen wäre. – O Missgeschick! – urplötzlich war der Jüngling ebenso missgestaltet, als es vorher Prinzessin Pirlipat gewesen. Der Körper war zusammengeschrumpft und konnte kaum den dicken ungestalteten Kopf mit großen hervorstechenden Augen und dem breiten, entsetzlich aufgähnenden Maule tragen. Statt des Zopfes hing ihm hinten ein schmaler hölzerner Mantel herab, mit dem er den untern Kinnbacken regierte. – Uhrmacher und Astronom waren außer sich vor Schreck und Entsetzen, sie sahen aber wie Frau Mauserinks sich blutend auf dem Boden wälzte. Ihre Bosheit war nicht ungerächt geblieben, denn der junge Droßelmeier hatte sie mit dem spitzen Absatz seines Schuhes so derb in den Hals getroffen, dass sie sterben musste. Aber indem Frau Mauserinks von der Todesnot erfasst wurde, da piepte und quiekte sie ganz erbärmlich: ›O Krakatuk, harte Nuss – an der ich nun sterben muss – hi hi – pi pi fein Nussknackerlein wirst auch bald des Todes sein – Söhnlein mit den sieben Kronen, wird's dem Nussknacker lohnen, wird die Mutter rächen fein, an dir du klein Nussknackerlein – o Leben so frisch und rot, von dir scheid' ich, o Todesnot! – Quiek.‹ – Mit diesem Schrei starb Frau Mauserinks und wurde von dem königlichen Ofenheizer fortgebracht. – Um den jungen Droßelmeier hatte sich niemand bekümmert, die Prinzessin erinnerte aber den König an sein Versprechen, und sogleich befahl er, dass man den jungen Helden herbeischaffe. Als nun aber der Unglückliche in seiner Missgestalt hervortrat, da hielt die Prinzessin beide Hände vors Gesicht und schrie: ›Fort, fort mit dem abscheulichen Nussknacker!‹ Alsbald ergriff ihn auch der Hofmarschall bei den kleinen Schultern und warf ihn zur Türe heraus. Der König war voller Wut, dass man ihm habe einen Nussknacker als Eidam aufdringen wollen, schob alles auf das Ungeschick des Uhrmachers und des Astronomen, und verwies beide auf ewige Zeiten aus der Residenz. Das hatte nun nicht in dem Horoskop gestanden, welches der Astronom in Nürnberg gestellt, er ließ sich aber nicht abhalten, aufs Neue zu observieren und da wollte er in den Sternen lesen, dass der junge Droßelmeier sich in seinem neuen Stande so gut nehmen werde, dass er trotz seiner Ungestalt Prinz und König werden würde. Seine Missgestalt könne aber nur dann verschwinden, wenn der Sohn der Frau Mauserinks, den sie nach dem Tode ihrer sieben Söhne, mit sieben Köpfen geboren, und welcher Mausekönig geworden, von seiner Hand gefallen sei, und eine Dame ihn, trotz seiner Missgestalt, liebgewinnen werde. Man soll denn auch wirklich den jungen Droßelmeier in Nürnberg zur Weihnachtszeit in seines Vaters Bude, zwar als Nussknacker, aber doch als Prinzen gesehen haben! – Das ist, ihr Kinder! das Märchen von der harten Nuss, und ihr wisst nun, warum die Leute so oft sagen: ›Das war eine harte Nuss!‹ und wie es kommt, dass die Nussknacker so hässlich sind.« –

So schloss der Obergerichtsrat seine Erzählung. Marie meinte, dass die Prinzessin Pirlipat doch eigentlich ein garstiges, undankbares Ding sei; Fritz versicherte dagegen, dass, wenn Nussknacker nur sonst ein braver Kerl sein wolle, er mit dem Mausekönig nicht viel Federlesens machen, und seine vorige hübsche Gestalt bald wiedererlangen werde.

Onkel und Neffe

Hat jemand von meinen hochverehrtesten Lesern oder Zuhörern jemals den Zufall erlebt, sich mit Glas zu schneiden, so wird er selbst wissen, wie wehe es tut, und welch schlimmes Ding es überhaupt ist, da es so langsam heilt. Hatte doch Marie beinahe eine ganze Woche im Bett zubringen müssen, weil es ihr immer ganz schwindlicht zumute wurde, sobald sie aufstand. Endlich aber wurde sie ganz gesund, und konnte lustig, wie sonst, in der Stube umherspringen. Im Glasschrank sah es ganz hübsch aus, denn neu und blank standen da Bäume und Blumen und Häuser, und schöne glänzende Puppen. Vor allen Dingen fand Marie ihren lieben Nussknacker wieder, der, in dem zweiten Fache stehend, mit ganz gesunden Zähnchen sie anlächelte. Als sie nun den Liebling so recht mit Herzenslust anblickte, da fiel es ihr mit einem Mal sehr bänglich aufs Herz, dass alles, was Pate Droßelmeier erzählt habe, ja nur die Geschichte des Nussknackers und seines Zwistes mit der Frau Mauserinks und ihrem Sohne gewesen. Nun wusste sie, dass ihr Nussknacker kein anderer sein könne, als der junge Droßelmeier aus Nürnberg, des Pate Droßelmeiers angenehmer, aber leider von der Frau Mauserinks verhexter Neffe. Denn dass der künstliche Uhrmacher am Hofe von Pirlipats Vater niemand anders gewesen, als der Obergerichtsrat Droßelmeier selbst, daran hatte Marie schon bei der Erzählung nicht einen Augenblick gezweifelt. »Aber warum half dir der Onkel denn nicht, warum half er dir nicht?«, so klagte Marie, als sich es immer lebendiger und lebendiger in ihr gestaltete, dass es in jener Schlacht, die sie mit ansah, Nussknackers Reich und Krone galt. Waren denn nicht alle übrigen Puppen ihm untertan, und war es denn nicht gewiss, dass die Prophezeiung des Hofastronomen eingetroffen, und der junge Droßelmeier König des Puppenreichs geworden? Indem die kluge Marie das alles so recht im Sinn erwägte, glaubte sie auch, dass Nussknacker und seine Vasallen in dem Augenblick, dass sie ihnen Leben und Bewegung zutraute, auch wirklich leben und sich bewegen müssten. Dem war aber nicht so, alles im Schranke blieb vielmehr starr und regungslos, und Marie weit entfernt, ihre innere Überzeugung aufzugeben, schob das nur auf die fortwirkende Verhexung der Frau Mauserinks und ihres siebenköpfigen Sohnes. »Doch«, sprach sie laut zum Nussknacker: »wenn Sie auch nicht imstande sind, sich zu bewegen oder ein Wörtchen mit mir zu sprechen, lieber Herr Droßelmeier! so weiß ich doch, dass Sie mich verstehen, und es wissen, wie gut ich es mit Ihnen meine;

rechnen Sie auf meinen Beistand, wenn Sie dessen bedürfen. – Wenigstens will ich den Onkel bitten, dass er Ihnen mit seiner Geschicklichkeit beispringe, wo es nötig ist.« Nussknacker blieb still und ruhig, aber Marien war es so, als atme ein leiser Seufzer durch den Glasschrank, wovon die Glasscheiben kaum hörbar, aber wunderlieblich ertönten, und es war, als sänge ein kleines Glockenstimmchen: »Maria klein – Schutzenglein mein – dein werd ich sein – Maria mein.« Marie fühlte in den eiskalten Schauern, die sie überliefen, doch ein seltsames Wohlbehagen. Die Dämmerung war eingebrochen, der Medizinalrat trat mit dem Paten Droßelmeier hinein, und nicht lange dauerte es, so hatte Luise den Teetisch geordnet, und die Familie saß ringsumher, allerlei Lustiges miteinander sprechend. Marie hatte ganz still ihr kleines Lehnstühlchen herbeigeholt und sich zu den Füßen des Paten Droßelmeier gesetzt. Als nun gerade einmal alle schwiegen, da sah Marie mit ihren großen blauen Augen dem Obergerichtsrat starr ins Gesicht und sprach: »Ich weiß jetzt, lieber Pate Droßelmeier, dass mein Nussknacker dein Neffe, der junge Droßelmeier aus Nürnberg ist; Prinz oder vielmehr König ist er geworden, das ist richtig eingetroffen, wie es dein Begleiter, der Astronom, vorausgesagt hat; aber du weißt es ja, dass er mit dem Sohne der Frau Mauserinks, mit dem hässlichen Mausekönig, in offnem Kriege steht. Warum hilfst du ihm nicht?« Marie erzählte nun nochmals den ganzen Verlauf der Schlacht, wie sie es angesehen, und wurde oft durch das laute Gelächter der Mutter und Luisens unterbrochen. Nur Fritz und Droßelmeier blieben ernsthaft. »Aber wo kriegt das Mädchen all' das tolle Zeug in den Kopf?« sagte der Medizinalrat. »Ei nun«, erwiderte die Mutter, »hat sie doch eine lebhafte Fantasie – eigentlich sind es nur Träume, die das heftige Wundfieber erzeugte.« »Es ist alles nicht wahr«, sprach Fritz, »solche Poltrons sind meine roten Husaren nicht, Potz Bassa Manelka, wie würd' ich sonst darunterfahren.« Seltsam lächelnd nahm aber Pate Droßelmeier die kleine Marie auf den Schoß, und sprach sanfter als je: »Ei, dir liebe Marie ist ja mehr gegeben, als mir und uns allen; du bist, wie Pirlipat, eine geborne Prinzessin, denn du regierst in einem schönen, blanken Reich. – Aber viel hast du zu leiden, wenn du dich des armen missgestalteten Nussknackers annehmen willst, da ihn der Mausekönig auf allen Wegen und Stegen verfolgt. – Doch nicht ich – du du allein kannst ihn retten, sei standhaft und treu.« Weder Marie noch irgendjemand wusste, was Droßelmeier mit diesen Worten sagen wollte, vielmehr kam es dem Medizinalrat so sonderbar vor, dass er dem Obergerichtsrat an den Puls fühlte und sagte: »Sie haben, wertester Freund, starke Kongestionen nach dem Kopfe, ich will Ihnen etwas aufschreiben.« Nur die Medizinalrätin schüttelte bedächtlich den Kopf, und sprach leise: »Ich ahne wohl, was der Obergerichtsrat meint, doch mit deutlichen Worten sagen kann ich's nicht.«

Der Sieg

Nicht lange dauerte es, als Marie in der mondhellen Nacht durch ein seltsames Poltern geweckt wurde, das aus einer Ecke des Zimmers zu kommen schien. Es war, als würden kleine Steine hin und her geworfen und gerollt, und recht widrig pfiff und quiekte es dazwischen. »Ach die Mäuse, die Mäuse kommen wieder«, rief Marie erschrocken, und wollte die Mutter wecken, aber jeder Laut stockte, ja sie vermochte kein Glied zu regen, als sie sah, wie der Mausekönig sich durch ein Loch der Mauer hervorarbeitete, und endlich mit funkelnden Augen und Kronen im Zimmer herum, dann aber mit einem gewaltigen Satz auf den kleinen Tisch, der dicht neben Mariens Bette stand, heraufsprang. »Hi – hi – hi – musst mir deine Zuckererbsen – deinen Marzipan geben, klein Ding – sonst zerbeiß ich deinen Nussknacker – deinen Nussknacker!« – So pfiff Mausekönig, knapperte und knirschte dabei sehr hässlich mit den Zähnen, und sprang dann schnell wieder fort durch das Mauerloch. Marie war so geängstet von der graulichen Erscheinung, dass sie den andern Morgen ganz blass aussah, und im Innersten aufgeregt, kaum ein Wort zu reden vermochte. Hundertmal wollte sie der Mutter oder der Luise, oder wenigstens dem Fritz klagen, was ihr geschehen, aber sie dachte: »Glaubt's mir denn einer, und werd ich nicht obendrein tüchtig ausgelacht?« – Das war ihr denn aber wohl klar, dass sie um den Nussknacker zu retten, Zuckererbsen und Marzipan hergeben müsse. Soviel sie davon besaß, legte sie daher den andern Abend hin vor der Leiste des Schranks. Am Morgen sagte die Medizinalrätin: »Ich weiß nicht, woher die Mäuse mit einem Mal in unser Wohnzimmer kommen, sieh nur, arme Marie! sie haben dir all' dein Zuckerwerk aufgefressen.« Wirklich war es so. Den gefüllten Marzipan hatte der gefräßige Mausekönig nicht nach seinem Geschmack gefunden, aber mit scharfen Zähnen benagt, so dass er weggeworfen werden musste. Marie machte sich gar nichts mehr aus dem Zuckerwerk, sondern war vielmehr im Innersten erfreut, da sie ihren Nussknacker gerettet glaubte. Doch wie ward ihr, als in der folgenden Nacht es dicht an ihren Ohren pfiff und quiekte. Ach der Mausekönig war wieder da, und noch abscheulicher, wie in der vorigen Nacht, funkelten seine Augen, und noch widriger pfiff er zwischen den Zähnen. »Musst mir deine Zucker-, deine Dragantpuppen geben, klein Ding, sonst zerbeiß ich deinen Nussknacker, deinen Nussknacker«, und damit sprang der grauliche Mausekönig wieder fort – Marie war sehr betrübt, sie ging den andern Morgen an den Schrank und sah mit den wehmütigsten Blicken ihre Zucker- und Dragantpüppchen an. Aber ihr Schmerz war auch gerecht, denn nicht glauben magst du's, meine aufmerksame Zuhörerin Marie! was für ganz allerliebste Figürchen aus Zucker oder Dragant geformt die kleine Marie Stahlbaum besaß. Nächst dem, dass ein sehr hübscher Schäfer mit seiner Schäferin eine ganze Herde milchweißer Schäflein weidete, und dabei sein muntres Hündchen herumsprang, so traten auch zwei Briefträger mit Briefen in der Hand einher, und vier sehr hübsche Paare, sauber gekleidete Jünglinge mit überaus herrlich geputzten Mädchen schaukelten sich in einer russischen Schaukel. Hinter einigen Tänzern stand noch der

Pachter Feldkümmel mit der Jungfrau von Orleans, aus denen sich Marie nicht viel machte, aber ganz im Winkelchen stand ein rotbäckiges Kindlein, Mariens Liebling, die Tränen stürzten der kleinen Marie aus den Augen. »Ach«, rief sie, sich zu dem Nussknacker wendend, »lieber Herr Droßelmeier, was will ich nicht alles tun, um Sie zu retten; aber es ist doch sehr hart!« – Nussknacker sah indessen so weinerlich aus, dass Marie, da es überdem ihr war, als sähe sie Mausekönigs sieben Rachen geöffnet, den unglücklichen Jüngling zu verschlingen, alles aufzuopfern beschloss. Alle Zuckerpüppchen setzte sie daher abends, wie zuvor das Zuckerwerk, an die Leiste des Schranks. Sie küsste den Schäfer, die Schäferin, die Lämmerchen, und holte auch zuletzt ihren Liebling, das kleine rotbäckige Kindlein von Dragant aus dem Winkel, welches sie jedoch ganz hinterwärts stellte. Pachter Feldkümmel und die Jungfrau von Orleans mussten in die erste Reihe. »Nein das ist zu arg«, rief die Medizinalrätin am andern Morgen. »Es muss durchaus eine große garstige Maus in dem Glasschrank hausen, denn alle schöne Zuckerpüppchen der armen Marie sind zernagt und zerbissen.« Marie konnte sich zwar der Tränen nicht enthalten, sie lächelte aber doch bald wieder, denn sie dachte: »Was tut's, ist doch Nussknacker gerettet.« Der Medizinalrat sagte am Abend, als die Mutter dem Obergerichtsrat von dem Unfug erzählte, den eine Maus im Glasschrank der Kinder treibe: »Es ist doch aber abscheulich, dass wir die fatale Maus nicht vertilgen können, die im Glasschrank so ihr Wesen treibt und der armen Marie alles Zuckerwerk wegfrisst.« »Ei«, fiel Fritz ganz lustig ein, »der Bäcker unten hat einen ganz vortrefflichen grauen Legationsrat, den will ich heraufholen. Er wird dem Dinge bald ein Ende machen und der Maus den Kopf abbeißen, ist sie auch die Frau Mauserinks selbst, oder ihr Sohn, der Mausekönig.« »Und«, fuhr die Medizinalrätin lachend fort, »auf Stühle und Tische herumspringen, und Gläser und Tassen herabwerfen und tausend andern Schaden anrichten.« »Ach nein doch«, erwiderte Fritz, »Bäckers Legationsrat ist ein geschickter Mann, ich möchte nur so zierlich auf dem spitzen Dach gehen können, wie er.« »Nur keinen Kater zur Nachtzeit«, bat Luise, die keine Katzen leiden konnte. »Eigentlich«, sprach der Medizinalrat, »eigentlich hat Fritz recht, indessen können wir ja auch eine Falle aufstellen; haben wir denn keine?« – »Die kann uns Pate Droßelmeier am besten machen, der hat sie ja erfunden«, rief Fritz. Alle lachten, und auf die Versicherung der Medizinalrätin, dass keine Falle im Hause sei, verkündete der Obergerichtsrat, dass er mehrere dergleichen besitze, und ließ wirklich zur Stunde eine ganz vortreffliche Mausfalle von Hause herbeiholen. Dem Fritz und der Marie ging nun des Paten Märchen von der harten Nuss ganz lebendig auf. Als die Köchin den Speck röstete, zitterte und bebte Marie, und sprach ganz erfüllt von dem Märchen und den Wunderdingen darin, zur wohlbekannten Dore: »Ach Frau Königin, hüten Sie sich doch nur vor der Frau Mauserinks und ihrer Familie.« Fritz hatte aber seinen Säbel gezogen, und sprach: »Ja die sollten nur kommen, denen wollt' ich eins auswischen.« Es blieb aber alles unter und auf dem Herde ruhig. Als nun der Obergerichtsrat den Speck an ein feines Fädchen band, und leise, leise die Falle an den Glasschrank setzte, da rief

Fritz: »Nimm dich in Acht, Pate Uhrmacher, dass dir Mausekönig keinen Possen spielt.« – Ach wie ging es der armen Marie in der folgenden Nacht! Eiskalt tupfte es auf ihrem Arm hin und her, und rau und ekelhaft legte es sich an ihre Wange, und piepte und quiekte ihr ins Ohr. – Der abscheuliche Mauskönig saß auf ihrer Schulter, und blutrot geiferte er aus den sieben geöffneten Rachen, und mit den Zähnen knatternd und knirschend, zischte er der vor Grauen und Schreck erstarrten Marie ins Ohr: »Zisch aus – zisch aus, geh' nicht ins Haus – geh' nicht zum Schmaus – werd' nicht gefangen – zisch aus – gib heraus, gib heraus, deine Bilderbücher all, dein Kleidchen dazu, sonst hast keine Ruh – magst's nur wissen, Nussknackerlein wirst sonst missen, der wird zerbissen – hi hi – pi pi – quiek quiek!« – Nun war Marie voll Jammer und Betrübnis – sie sah ganz blass und verstört aus, als die Mutter am andern Morgen sagte: »Die böse Maus hat sich noch nicht gefangen«, so dass die Mutter in dem Glauben, dass Marie um ihr Zuckerwerk traure, und sich überdem vor der Maus fürchte, hinzufügte: »Aber sei nur ruhig, liebes Kind, die böse Maus wollen wir schon vertreiben. Helfen die Fallen nichts, so soll Fritz seinen grauen Legationsrat herbeibringen.« Kaum befand sich Marie im Wohnzimmer allein, als sie vor den Glasschrank trat, und schluchzend also zum Nussknacker sprach: »Ach mein lieber guter Herr Droßelmeier, was kann ich armes unglückliches Mädchen für Sie tun? – Gäb ich nun auch alle meine Bilderbücher, ja selbst mein schönes neues Kleidchen, das mir der Heilige Christ einbeschert hat, dem abscheulichen Mausekönig zum Zerbeißen her, wird er denn nicht doch noch immer mehr verlangen, so dass ich zuletzt nichts mehr haben werde, und er gar mich selbst statt Ihrer zerbeißen wollen wird? – O ich armes Kind, was soll ich denn nun tun – was soll ich denn nun tun?« – Als die kleine Marie so jammerte und klagte, bemerkte sie, dass dem Nussknacker von jener Nacht her ein großer Blutfleck am Halse sitzen geblieben war. Seit der Zeit, dass Marie wusste, wie ihr Nussknacker eigentlich der junge Droßelmeier, des Obergerichtsrats Neffe, sei, trug sie ihn nicht mehr auf dem Arm, und herzte und küsste ihn nicht mehr, ja sie mochte ihn aus einer gewissen Scheu gar nicht einmal viel anrühren; jetzt nahm sie ihn aber sehr behutsam aus dem Fache, und fing an, den Blutfleck am Halse mit ihrem Schnupftuch abzureiben. Aber wie ward ihr, als sie plötzlich fühlte, dass Nussknackerlein in ihrer Hand erwarmte, und sich zu regen begann. Schnell setzte sie ihn wieder ins Fach, da wackelte das Mündchen hin und her, und mühsam lispelte Nussknackerlein: »Ach, werteste Demoiselle Stahlbaum – vortreffliche Freundin, was verdanke ich Ihnen alles – Nein, kein Bilderbuch, kein Christkleidchen sollen Sie für mich opfern – schaffen Sie nur ein Schwert – ein Schwert, für das Übrige will ich sorgen, mag er –« Hier ging dem Nussknacker die Sprache aus, und seine erst zum Ausdruck der innigsten Wehmut beseelten Augen wurden wieder starr und leblos. Marie empfand gar kein Grauen, vielmehr hüpfte sie vor Freuden, da sie nun ein Mittel wusste, den Nussknacker ohne weitere schmerzhafte Aufopferungen zu retten. Aber wo nun ein Schwert für den Kleinen hernehmen? – Marie beschloss, Fritzen zu Rate zu ziehen, und erzählte ihm abends, als sie, da die Eltern ausgegangen, einsam in der Wohnstube am Glasschrank saßen, alles, was ihr mit dem Nussknacker und dem Mausekönig widerfahren, und worauf es nun ankomme, den Nussknacker zu retten. Über nichts wurde Fritz nachdenklicher, als darüber, dass sich, nach Mariens Bericht, seine Husaren in der Schlacht so schlecht genommen haben sollten. Er frug noch einmal sehr ernst, ob es sich wirklich so verhalte, und nachdem es Marie auf ihr Wort versichert, so ging Fritz schnell nach dem Glasschrank, hielt seinen Husaren eine pathetische Rede, und schnitt dann, zur Strafe ihrer Selbstsucht und Feigheit, einem nach dem andern das Feldzeichen von der Mütze, und untersagte ihnen auch, binnen einem Jahr den Gardehusarenmarsch zu blasen. Nachdem er sein Strafamt vollendet, wandte er sich wieder zu Marien, sprechend: »Was den Säbel betrifft, so kann ich dem Nussknacker helfen, da ich einen alten Obristen von den Kürassiers gestern mit Pension in Ruhestand versetzt habe, der folglich seinen schönen scharfen Säbel nicht mehr braucht.« Besagter Obrister verzehrte die ihm von Fritzen angewiesene Pension in der hintersten Ecke des dritten Faches. Dort wurde er hervorgeholt, ihm der in der Tat schmucke silberne Säbel abgenommen, und dem Nussknacker umgehängt.

Vor bangem Grauen konnte Marie in der folgenden Nacht nicht einschlafen, es war ihr um Mitternacht so, als höre sie im Wohnzimmer ein seltsames Rumoren, Klirren und Rauschen. – Mit einem Mal ging es: »Quiek!« – »Der Mausekönig! der Mausekönig!« rief Marie und sprang voll Entsetzen aus dem Bette. Alles blieb still; aber bald klopfte es leise, leise an die Türe, und ein feines Stimmchen ließ sich vernehmen: »Allerbeste Demoiselle Stahlbaum, machen Sie nur getrost auf – gute fröhliche Botschaft!« Marie erkannte die Stimme des jungen Droßelmeier, warf ihr Röckchen über, und öffnete flugs die Türe. Nussknackerlein stand draußen, das blutige Schwert in der rechten, ein Wachslichtchen in der linken Hand. Sowie er Marien erblickte, ließ er sich auf ein Knie nieder, und sprach also: »Ihr, o Dame! seid es allein, die mich mit Rittermut stählte, und meinem Arme Kraft gab, den Übermütigen zu bekämpfen, der es wagte, Euch zu höhnen. Überwunden liegt der verräterische Mausekönig und wälzt sich in seinem Blute! – Wollet, o Dame! die Zeichen des Sieges aus der Hand Eures Euch bis in den Tod ergebenen Ritters anzunehmen nicht verschmähen!« Damit streifte Nussknackerchen die sieben goldenen Kronen des Mausekönigs, die er auf den linken Arm heraufgestreift hatte, sehr geschickt herunter, und überreichte sie Marien, welche sie voller Freude annahm. Nussknacker stand auf, und fuhr also fort: »Ach meine allerbeste Demoiselle Stahlbaum, was könnte ich in diesem Augenblicke, da ich meinen Feind überwunden, Sie für herrliche Dinge schauen lassen, wenn Sie die Gewogenheit hätten, mir nur ein paar Schrittchen zu folgen! – O tun Sie es – tun Sie es, beste Demoiselle!« –

Ich glaube, keins von euch, ihr Kinder, hätte auch nur einen Augenblick angestanden, dem ehrlichen gutmütigen Nussknacker, der nie Böses im Sinn haben konnte, zu folgen. Marie tat dies umso mehr, da sie wohl wusste, wie sehr sie auf Nussknackers Dankbarkeit Anspruch machen könne, und überzeugt war, dass er Wort halten, und viel Herrliches ihr zeigen werde. Sie sprach daher: »Ich gehe mit Ihnen, Herr Droßelmeier, doch muss es nicht weit sein, und nicht lange dauern, da ich ja noch gar nicht ausgeschlafen habe.« »Ich wähle deshalb«, erwiderte Nussknacker, »den nächsten, wiewohl etwas beschwerlichen Weg.« Er schritt voran, Marie ihm nach, bis er vor dem alten mächtigen Kleiderschrank auf dem Hausflur stehen blieb. Marie wurde zu ihrem Erstaunen gewahr, dass die Türen dieses sonst wohlverschlossenen Schranks offen standen, so dass sie deutlich des Vaters Reisefuchspelz erblickte, der ganz vorne hing. Nussknacker kletterte sehr geschickt an den Leisten und Verzierungen herauf, dass er die große Troddel, die an einer dicken Schnur befestigt, auf dem Rückteile jenes Pelzes hing, erfassen konnte. Sowie Nussknacker diese Troddel stark anzog, ließ sich schnell eine sehr zierliche Treppe von Zedernholz durch den Pelzärmel herab. »Steigen Sie nur gefälligst aufwärts, teuerste Demoiselle«, rief Nussknacker. Marie tat es, aber kaum war sie durch den Ärmel gestiegen, kaum sah sie zum Kragen heraus, als ein blendendes Licht ihr entgegenstrahlte, und sie mit einem Mal auf einer herrlich duftenden Wiese stand, von der Millionen Funken, wie blinkende Edelsteine emporstrahlten. »Wir befinden uns auf der Kandiswiese«, sprach Nussknacker, »wollen aber alsbald jenes Tor passieren.« Nun wurde Marie, indem sie aufblickte, erst das schöne Tor gewahr, welches sich nur wenige Schritte vorwärts auf der Wiese erhob. Es schien ganz von weiß, braun und rosinfarben gesprenkeltem Marmor erbaut zu sein, aber als Marie näher kam, sah sie wohl, dass die ganze Masse aus zusammengebackenen Zuckermandeln und Rosinen bestand, weshalb denn auch, wie Nussknacker versicherte, das Tor, durch welches sie nun durchgingen, das Mandeln- und Rosinentor hieß. Gemeine Leute hießen es sehr unziemlich, die Studentenfutterpforte. Auf einer herausgebauten Galerie dieses Tores, augenscheinlich aus Gerstenzucker, machten sechs in rote Wämserchen gekleidete Äffchen die allerschönste Janitscharenmusik, die man hören konnte, so dass Marie kaum bemerkte, wie sie immer weiter, weiter auf bunten Marmorfliesen, die aber nichts anders waren, als schön gearbeitete Morschellen, fortschritt. Bald umwehten sie die süßesten Gerüche, die aus einem wunderbaren Wäldchen strömten, das sich von beiden Seiten auftat. In dem dunkeln Laube glänzte und funkelte es so hell hervor, dass man deutlich sehen konnte, wie goldene und silberne Früchte an buntgefärbten Stängeln herabhingen, und Stamm und Äste sich mit Bändern und Blumensträußen geschmückt hatten, gleich fröhlichen Brautleuten und lustigen Hochzeitsgästen. Und wenn die Orangendüfte sich wie wallende Zephire rührten, da sauste es in den Zweigen und Blättern, und das Rauschgold knitterte und knatterte, dass es klang wie jubelnde Musik, nach der die funkelnden Lichterchen hüpfen und tanzen müssten. »Ach, wie schön ist es hier«, rief Marie ganz selig und entzückt. »Wir sind im Weihnachtswalde, beste Demoiselle«, sprach Nussknackerlein. »Ach«, fuhr Marie fort, »dürft' ich hier nur etwas verweilen, o es ist ja hier gar zu schön.« Nussknacker klatschte in die kleinen Händchen und sogleich kamen einige kleine Schäfer und Schäferinnen, Jäger und Jägerinnen herbei, die so zart und weiß waren, dass man hätte glauben sollen, sie wären von purem Zucker und die Marie, unerachtet sie im Walde umherspazierten, noch nicht bemerkt hatte. Sie brachten einen allerliebsten ganz goldenen Lehnsessel herbei, legten ein weißes Kissen von Reglisse darauf, und luden Marien sehr höflich ein, sich darauf, niederzulassen. Kaum hatte sie es getan, als Schäfer und Schäferinnen ein sehr artiges Ballett tanzten, wozu die Jäger ganz manierlich bliesen, dann verschwanden sie aber alle in dem Gebüsche. »Verzeihen Sie«, sprach Nussknacker, »verzeihen Sie, werteste Demoiselle Stahlbaum, dass der Tanz so miserabel ausfiel, aber die Leute waren alle von unserm Drahtballett, die können nichts anders machen als immer und ewig dasselbe; und dass die Jäger so schläfrig und flau dazu bliesen, das hat auch seine Ursachen. Der Zuckerkorb hängt zwar über ihrer Nase in den Weihnachtsbäumen, aber etwas hoch! – Doch wollen wir nicht was weniges weiter spazieren?« »Ach es war doch alles recht hübsch und mir hat es sehr wohl gefallen!«, so sprach Marie, indem sie aufstand und dem voranschreitenden Nussknacker folgte. Sie gingen entlang eines süß rauschenden, flüsternden Baches, aus dem nun eben all' die herrlichen Wohlgerüche zu duften schienen, die den ganzen Wald erfüllten. »Es ist der Orangenbach«, sprach Nussknacker auf Befragen, »doch, seinen schönen Duft ausgenommen, gleicht er nicht an Größe und Schönheit dem Limonadenstrom, der sich gleich ihm in den Mandelmilchsee ergießt.« In der Tat vernahm Marie bald ein stärkeres Plätschern und Rauschen und erblickte den breiten Limonadenstrom, der sich in stolzen isabellfarbenen Wellen zwischen gleich grün glühenden Karfunkeln leuchtendem Gesträuch fortkräuselte. Eine ausnehmend frische, Brust und Herz stärkende Kühlung wogte aus dem herrlichen Wasser. Nicht weit davon schleppte sich mühsam ein dunkelgelbes Wasser fort, das aber ungemein süße Düfte verbreitete und an dessen Ufer allerlei sehr hübsche Kinderchen saßen, welche kleine dicke Fische angelten und sie alsbald verzehrten. Näher gekommen, bemerkte Marie, dass diese Fische aussahen wie Lampertsnüsse. In einiger Entfernung lag ein sehr nettes Dörfchen an diesem Strome, Häuser, Kirche, Pfarrhaus, Scheuern, alles war dunkelbraun, jedoch mit goldenen Dächern geschmückt, auch waren viele Mauern so bunt gemalt, als seien Zitronat und Mandelkerne daraufgeklebt. »Das ist Pfefferkuchheim«, sagte Nussknacker, »welches am Honigstrome liegt, es wohnen ganz hübsche Leute darin, aber sie sind meistens verdrießlich, weil sie sehr an Zahnschmerzen leiden, wir wollen daher nicht erst hineingehen.« In dem Augenblick bemerkte Marie ein Städtchen, das aus lauter bunten durchsichtigen Häusern bestand, und sehr hübsch anzusehen war. Nussknacker ging geradezu darauf los, und nun hörte Marie ein tolles lustiges Getöse und sah wie tausend niedliche kleine Leutchen viele hochbepackte Wagen, die auf dem Markte hielten, untersuchten und abzupacken im Begriff standen. Was sie aber hervorbrachten, war anzusehen wie buntes gefärbtes Papier und wie Schokoladetafeln. »Wir sind in Bonbonshausen«, sagte Nussknacker, »eben ist eine Sendung aus dem Papierlande und vom Schokoladenkönige angekommen. Die armen Bonbonshäuser wurden neulich von der Armee des Mückenadmirals hart bedroht, deshalb überziehen sie ihre Häuser mit den Gaben des Papierlandes und führen Schanzen auf, von den tüchtigen Werkstücken, die ihnen der Schokoladenkönig sandte. Aber beste Demoiselle Stahlbaum, nicht alle kleinen Städte und Dörfer dieses Landes wollen wir besuchen – zur Hauptstadt – zur Hauptstadt!« Rasch eilte Nussknacker vorwärts, und Marie voller Neugierde ihm nach. Nicht lange dauerte es, so stieg ein herrlicher Rosenduft auf und alles war wie von einem sanften hinhauchenden Rosenschimmer umflossen. Marie bemerkte, dass dies der Widerschein eines rosenrot glänzenden Wassers war, das in kleinen rosasilbernen Wellchen vor ihnen her wie in wunderlieblichen Tönen und Melodien plätscherte und rauschte. Auf diesem anmutigen Gewässer, das sich immer mehr und mehr wie ein großer See ausbreitete, schwammen sehr herrliche silberweiße Schwäne mit goldnen Halsbändern, und sangen miteinander um die Wette die hübschesten Lieder, wozu diamantne Fischlein aus den Rosenfluten auf- und niedertauchten wie im lustigen Tanze. »Ach«, rief Marie ganz begeistert aus, »ach das ist der See, wie ihn Pate Droßelmeier mir einst machen wollte, wirklich, und ich selbst bin das Mädchen, das mit den lieben Schwänchen kosen wird.« Nussknackerlein lächelte so spöttisch, wie es Marie noch niemals an ihm bemerkt hatte, und sprach dann: »So etwas kann denn doch wohl der Onkel niemals zustande bringen; Sie selbst viel eher, liebe Demoiselle Stahlbaum, doch lassen Sie uns darüber nicht grübeln, sondern vielmehr über den Rosensee hinüber nach der Hauptstadt schiffen.«

Die Hauptstadt

Nussknackerlein klatschte abermals in die kleinen Händchen, da fing der Rosensee an stärker zu rauschen, die Wellen plätscherten höher auf, und Marie nahm wahr, wie aus der Ferne ein aus lauter bunten, sonnenhell funkelnden Edelsteinen geformter Muschelwagen, von zwei goldschuppigen Delphinen gezogen, sich nahte. Zwölf kleine allerliebste Mohren mit Mützchen und Schürzchen, aus glänzenden Kolibrifedern gewebt, sprangen ans Ufer und trugen erst Marien, dann Nussknackern sanft über die Wellen gleitend, in den Wagen, der sich alsbald durch den See fortbewegte. Ei wie war das so schön, als Marie im Muschelwagen, von Rosenduft umhaucht, von Rosenwellen umflossen, dahinfuhr. Die beiden goldschuppigen Delphine erhoben ihre Nüstern und spritzten kristallene Strahlen hoch in die Höhe, und wie die in flimmernden und funkelnden Bogen niederfielen, da war es, als sängen zwei holde feine Silberstimmchen: »Wer schwimmt auf rosigem See? – die Fee! Mücklein! bim bim, Fischlein, sim sim – Schwäne! Schwa schwa, Goldvogel! trarah, Wellenströme, – rührt euch, klinget, singet, wehet, spähet – Feelein, Feelein kommt gezogen; Rosenwogen, wühlet, kühlet, spület – spült hinan – hinan!« – Aber die zwölf kleinen Mohren, die hinten auf den Muschelwagen aufgesprungen waren, schienen das Gesinge der Wasserstrahlen ordentlich übelzunehmen, denn sie schüttelten ihre Sonnenschirme so sehr, dass die Dattelblätter, aus denen sie geformt waren, durcheinander knitterten und knatterten, und dabei stampften sie mit den Füßen einen ganz seltsamen Takt, und sangen: »Klapp und klipp und klipp und klapp, auf und ab – Mohrenreigen darf nicht schweigen; rührt euch Fische – rührt euch Schwäne, dröhne Muschelwagen, dröhne, klapp und klipp und klipp und klapp und auf und ab!« – »Mohren sind gar lustige Leute«, sprach Nussknacker etwas betreten, »aber sie werden mir den ganzen See rebellisch machen.« In der Tat ging auch bald ein sinnverwirrendes Getöse wunderbarer Stimmen los, die in See und Luft zu schwimmen schienen, doch Marie achtete dessen nicht, sondern sah in die duftenden Rosenwellen, aus deren jeder ihr ein holdes anmutiges Mädchenantlitz entgegenlächelte. »Ach«, rief sie freudig, indem sie die kleinen Händchen zusammenschlug, »ach, schauen Sie nur, lieber Herr Droßelmeier! Da unten ist die Prinzessin Pirlipat, die lächelt mich an so wunderhold. – Ach schauen Sie doch nur, lieber Herr Droßelmeier!« – Nussknacker seufzte aber fast kläglich und sagte: »O beste Demoiselle Stahlbaum, das ist nicht die Prinzessin Pirlipat, das sind Sie und immer nur Sie selbst, immer nur Ihr eignes holdes Antlitz, das so lieb aus jeder Rosenwelle lächelt.« Da fuhr Marie schnell mit dem Kopf zurück, schloss die Augen fest zu und schämte sich sehr. In demselben

Augenblick wurde sie auch von den zwölf Mohren aus dem Muschelwagen gehoben und an das Land getragen. Sie befand sich in einem kleinen Gebüsch, das beinahe noch schöner war als der Weihnachtswald, so glänzte und funkelte alles darin, vorzüglich waren aber die seltsamen Früchte zu bewundern, die an allen Bäumen hingen, und nicht allein seltsam gefärbt waren, sondern auch ganz wunderbar dufteten. »Wir sind im Konfitürenhain«, sprach Nussknacker, »aber dort ist die Hauptstadt.« Was erblickte Marie nun! Wie werd' ich es denn anfangen, euch, ihr Kinder die Schönheit und Herrlichkeit der Stadt zu beschreiben, die sich jetzt breit über einen reichen Blumenanger hin vor Mariens Augen auftat. Nicht allein dass Mauern und Türme in den herrlichsten Farben prangten, so war auch wohl, was die Form der Gebäude anlangt, gar nichts Ähnliches auf Erden zu finden. Denn statt der Dächer hatten die Häuser zierlich geflochtene Kronen aufgesetzt, und die Türme sich mit dem zierlichsten buntesten Laubwerk gekränzt, das man nur sehen kann. Als sie durch das Tor, welches so aussah, als sei es von lauter Makronen und überzuckerten Früchten erbaut, gingen, präsentierten silberne Soldaten das Gewehr und ein Männlein in einem brokatnen Schlafrock warf sich dem Nussknacker an den Hals mit den Worten: »Willkommen, bester Prinz, willkommen in Konfektburg!« Marie wunderte sich nicht wenig, als sie merkte, dass der junge Droßelmeier von einem sehr vornehmen Mann als Prinz anerkannt wurde. Nun hörte sie aber so viel feine Stimmchen durcheinandertoben, solch ein Gejuchze und Gelächter, solch ein Spielen und Singen, dass sie an nichts anders denken konnte, sondern nur gleich Nussknackerchen fragte, was denn das zu bedeuten habe? »O beste Demoiselle Stahlbaum«, erwiderte Nussknacker: »das ist nichts Besonderes, Konfektburg ist eine volkreiche lustige Stadt, da geht's alle Tage so her, kommen Sie aber nur gefälligst weiter.« Kaum waren sie einige Schritte gegangen, als sie auf den großen Marktplatz kamen, der den herrlichsten Anblick gewährte. Alle Häuser rings umher waren von durchbrochener Zuckerarbeit, Galerie über Galerie getürmt, in der Mitte stand ein hoher überzuckerter Baumkuchen als Obelisk und um ihn her sprützten vier sehr künstliche Fontänen, Orsade, Limonade und andere herrliche süße Getränke in die Lüfte; und in dem Becken sammelte sich lauter Creme, den man gleich hätte auslöffeln mögen. Aber hübscher als alles das, waren die allerliebsten kleinen Leutchen, die sich zu Tausenden Kopf an Kopf durcheinander drängten und juchzten und lachten und scherzten und sangen, kurz jenes lustige Getöse erhoben, das Marie schon in der Ferne gehört hatte. Da gab es schön gekleidete Herren und Damen, Armenier und Griechen, Juden und Tiroler, Offiziere und Soldaten, und Prediger und Schäfer und Hanswürste, kurz alle nur mögliche Leute, wie sie in der Welt zu finden sind. An der einen Ecke wurde größer der Tumult, das Volk strömte auseinander, denn eben ließ sich der Großmogul auf einem Palankin vorübertragen, begleitet von dreiundneunzig Großen des Reichs und siebenhundert Sklaven. Es begab sich aber, dass an der andern Ecke die Fischerzunft, an fünfhundert Köpfe stark, ihren Festzug hielt und übel war es auch, dass der türkische Großherr gerade den Einfall hatte, mit dreitausend Janitscharen über den Markt spazieren zu reiten, wozu noch der große Zug aus dem »Unterbrochenen Opferfeste« kam, der mit klingendem Spiel und dem Gesange: »Auf danket der mächtigen Sonne«, gerade auf den Baumkuchen zu wallte. Das war ein Drängen und Stoßen und Treiben und Gequieke! – Bald gab es auch viel Jammergeschrei, denn ein Fischer hatte im Gedränge einem Brahmin den Kopf abgestoßen und der Großmogul wäre beinahe von einem Hanswurst überrannt worden. Toller und toller wurde der Lärm und man fing bereits an sich zu stoßen und zu prügeln, als der Mann im brokatnen Schlafrock, der am Tor den Nussknacker als Prinz begrüßt hatte, auf den Baumkuchen kletterte, und nachdem eine sehr hell klingende Glocke dreimal angezogen worden, dreimal laut rief: »Konditor! Konditor! – Konditor!« – Sogleich legte sich der Tumult, ein jeder suchte sich zu behelfen wie er konnte, und nachdem die verwickelten Züge sich entwickelt hatten, der besudelte Großmogul abgebürstet, und dem Brahmin der Kopf wieder aufgesetzt worden, ging das vorige lustige Getöse aufs Neue los. »Was bedeutet das mit dem Konditor, guter Herr Droßelmeier?« frug Marie. »Ach beste Demoiselle Stahlbaum«, erwiderte Nussknacker, »Konditor wird hier eine unbekannte, aber sehr grauliche Macht genannt, von *der* man glaubt, dass sie aus dem Menschen machen könne *was* sie wolle; es ist das Verhängnis, welches über dies kleine lustige Volk regiert, und sie fürchten dieses so sehr, dass durch die bloße Nennung des Namens der größte Tumult gestillt werden kann, wie es eben der Herr Bürgermeister bewiesen hat. Ein jeder denkt dann nicht mehr an Irdisches, an Rippenstöße und Kopfbeulen, sondern geht in sich und spricht: ›Was ist der Mensch und was kann aus ihm werden?‹« – Eines lauten Rufs der Bewunderung, ja des höchsten Erstaunens konnte sich Marie nicht enthalten, als sie jetzt mit einem Mal vor einem in rosenrotem Schimmer hell leuchtenden Schlosse mit hundert luftigen Türmen stand. Nur hin und wieder waren reiche Buketts von Veilchen, Narzissen, Tulpen, Levkojen auf die Mauern gestreut, deren dunkelbrennende Farben nur die blendende, ins Rosa spielende Weiße des Grundes erhöhten. Die große Kuppel des Mittelgebäudes, sowie die pyramidenförmigen Dächer der Türme waren mit tausend golden und silbern funkelnden Sternlein besäet. »Nun sind wir vor dem Marzipanschloss«, sprach Nussknacker. Marie war ganz verloren in dem Anblick des Zauberpalastes, doch entging es ihr nicht, dass das Dach eines großen Turmes gänzlich fehlte, welches kleine Männerchen, die auf einem von Zimtstangen erbauten Gerüste standen, wiederherstellen zu wollen schienen. Noch ehe sie den Nussknacker darum befragte, fuhr dieser fort: »Vor kurzer Zeit drohte diesem schönen Schloss arge Verwüstung, wo nicht gänzlicher Untergang. Der Riese Leckermaul kam des Weges gegangen, biss schnell das Dach jenes Turmes herunter und nagte schon an der großen Kuppel, die Konfektbürger brachten ihm aber ein ganzes Stadtviertel, sowie einen ansehnlichen Teil des Konfitürenhains als Tribut, womit er sich abspeisen ließ und weiterging.« In dem Augenblick ließ sich eine sehr angenehme sanfte Musik hören, die Tore des Schlosses öffneten sich und es traten zwölf kleine Pagen heraus mit angezündeten Gewürznelkstängeln, die sie wie Fackeln in den kleinen Händchen trugen. Ihre Köpfe bestanden aus einer Perle, die Leiber aus Rubinen und Smaragden und dazu gingen sie auf sehr schön aus purem Gold gearbeiteten Füßchen einher. Ihnen folgten vier Damen, beinahe so groß als Mariens Clärchen, aber so über die Maßen herrlich und glänzend geputzt, dass Marie nicht einen Augenblick in ihnen die gebornen Prinzessinnen verkannte. Sie umarmten den Nussknacker auf das zärtlichste und riefen dabei wehmütig freudig: »O mein Prinz! – mein bester Prinz! – o mein Bruder!« Nussknacker schien sehr gerührt, er wischte sich die sehr häufigen Tränen aus den Augen, ergriff dann Marien bei der Hand und sprach pathetisch: »Dies ist die Demoiselle Marie Stahlbaum, die Tochter eines sehr achtungswerten Medizinalrates, und die Retterin meines Lebens! Warf sie nicht den Pantoffel zur rechten Zeit, verschaffte sie mir nicht den Säbel des pensionierten Obristen, so läg ich, zerbissen von dem fluchwürdigen Mausekönig, im Grabe. – Oh! dieser Demoiselle Stahlbaum! gleicht ihr wohl Pirlipat, obschon sie eine geborne Prinzessin ist, an Schönheit, Güte und Tugend? – Nein, sag ich, nein!« Alle Damen riefen: »Nein!« und fielen der Marie um den Hals und riefen schluchzend: »O Sie edle Retterin des geliebten prinzlichen Bruders – vortreffliche Demoiselle Stahlbaum!« – Nun geleiteten die Damen Marien und den Nussknacker in das Innere des Schlosses, und zwar in einen Saal, dessen Wände aus lauter farbig funkelnden Kristallen bestanden. Was aber vor allem Übrigen der Marie so wohl gefiel, waren die allerliebsten kleinen Stühle, Tische, Kommoden, Sekretärs usw. die ringsherum standen, und die alle von Zedern- oder Brasilienholz mit daraufgestreuten goldnen Blumen verfertigt waren. Die Prinzessinnen nötigten Marien und den Nussknacker zum Sitzen, und sagten, dass sie sogleich selbst ein Mahl bereiten wollten. Nun holten sie eine Menge kleiner Töpfchen und Schüsselchen von dem feinsten japanischen Porzellan, Löffel, Messer und Gabeln, Reibeisen, Kasserollen und andere Küchenbedürfnisse von Gold und Silber herbei. Dann brachten sie die schönsten Früchte und Zuckerwerk, wie es Marie noch niemals gesehen hatte, und fingen an, auf das zierlichste mit den kleinen schneeweißen Händchen die Früchte auszupressen, das Gewürz zu stoßen, die Zuckermandeln zu reiben, kurz so zu wirtschaften, dass Marie wohl einsehen konnte, wie gut sich die Prinzessinnen auf das Küchenwesen verstanden, und was das für ein köstliches Mahl geben würde. Im lebhaften Gefühl, sich auf dergleichen Dinge ebenfalls recht gut zu verstehen, wünschte sie heimlich, bei dem Geschäft der Prinzessinnen selbst tätig sein zu können. Die schönste von Nussknackers Schwestern, als ob sie Mariens geheimen Wunsch erraten hätte, reichte ihr einen kleinen goldnen Mörser mit den Worten hin: »O süße Freundin, teure Retterin meines Bruders, stoße eine Wenigkeit von diesem Zuckerkandel!« Als Marie nun so wohlgemut in den Mörser stieß, dass er gar anmutig und lieblich wie ein hübsches Liedlein ertönte, fing Nussknacker an sehr weitläuftig zu erzählen, wie es bei der grausenvollen Schlacht zwischen seinem und des Mausekönigs Heer ergangen, wie er der Feigheit seiner Truppen halber geschlagen worden, wie dann der abscheuliche Mausekönig ihn durchaus zerbeißen wollen, und Marie deshalb mehrere seiner Untertanen, die in ihre Dienste gegangen, aufopfern müssen usw. Marien war es bei dieser Erzählung, als klängen seine Worte, ja selbst ihre Mörserstöße, immer ferner und unvernehmlicher, bald sah sie silberne Flore wie dünne Nebelwolken aufsteigen, in denen die Prinzessinnen – die Pagen, der Nussknacker, ja sie selbst schwammen – ein seltsames Singen und Schwirren und Summen ließ sich vernehmen, das wie in die Weite hin verrauschte; nun hob sich Marie wie auf steigenden Wellen immer höher und höher – höher und höher – höher und höher –

Beschluss

Prr – Puff ging es! – Marie fiel herab aus unermesslicher Höhe. – *Das* war ein Ruck! – Aber gleich schlug sie auch die Augen auf, da lag sie in ihrem Bettchen, es war heller Tag, und die Mutter stand vor ihr, sprechend: »Aber wie kann man auch so lange schlafen, längst ist das Frühstück da!« Du merkst es wohl, versammeltes, höchst geehrtes Publikum, dass Marie ganz betäubt von all den Wunderdingen, die sie gesehen, endlich im Saal des Marzipanschlosses eingeschlafen war, und dass die Mohren, oder die Pagen oder gar die Prinzessinnen selbst, sie zu Hause getragen und ins Bett gelegt hatten. »O Mutter, liebe Mutter, wo hat mich der junge Herr Droßelmeier diese Nacht überall hingeführt, was habe ich alles Schönes gesehen!« Nun erzählte sie alles beinahe so genau, wie ich es soeben erzählt habe, und die Mutter sah sie ganz verwundert an. Als Marie geendet, sagte die Mutter: »Du hast einen langen sehr schönen Traum gehabt, liebe Marie, aber schlag dir das alles nur aus dem Sinn.« Marie bestand hartnäckig darauf, dass sie nicht geträumt, sondern alles wirklich gesehen habe, da führte die Mutter sie an den Glasschrank, nahm den Nussknacker, der, wie gewöhnlich, im dritten Fache stand, heraus und sprach: »Wie kannst du, du albernes Mädchen nur glauben, dass diese Nürnberger Holzpuppe Leben und Bewegung haben kann.« »Aber, liebe Mutter«, fiel Marie ein, »ich weiß es ja wohl, dass der kleine Nussknacker der junge Herr Droßelmeier aus Nürnberg, Pate Droßelmeiers Neffe ist.« Da brachen beide der Medizinalrat und die Medizinalrätin in ein schallendes Gelächter aus. »Ach«, fuhr Marie beinahe weinend fort, »nun lachst du gar meinen Nussknacker aus, lieber Vater! und er hat doch von dir sehr gut gesprochen, denn als wir im Marzipanschloss ankamen, und er mich seinen Schwestern, den Prinzessinnen, vorstellte, sagte er, du seist ein sehr achtungswerter Medizinalrat!« – Noch stärker wurde das Gelächter, in das auch Luise, ja sogar Fritz einstimmte. Da lief Marie ins andere Zimmer, holte schnell aus ihrem kleinen Kästchen die sieben Kronen des Mausekönigs herbei, und überreichte sie der Mutter mit den Worten: »Da sieh nur, liebe Mutter, das sind die sieben Kronen des Mausekönigs, die mir in voriger Nacht der junge Herr Droßelmeier zum Zeichen seines Sieges überreichte.« Voll Erstaunen betrachtete die Medizinalrätin die kleinen Krönchen, die von einem ganz unbekannten, aber sehr funkelnden Metall so sauber gearbeitet waren, als hätten Menschenhände das unmöglich vollbringen können. Auch der Medizinalrat konnte sich nicht sattsehen an den Krönchen, und beide, Vater und Mutter, drangen sehr ernst in Marien, zu gestehen, wo sie die Krönchen herhabe? Sie konnte ja aber nur bei dem, was sie gesagt, stehen bleiben, und als sie nun der Vater hart anließ, und sie sogar eine kleine Lügnerin schalt, da fing sie an heftig zu weinen, und klagte: »Ach ich armes Kind, ich armes Kind! was soll ich denn nun sagen!« In dem Augenblick ging die Tür auf. Der Obergerichtsrat trat hinein, und rief: »Was ist da – was ist da? mein Patchen Marie weint und schluchzt? – Was ist da – was ist da?« Der Medizinalrat unterrichtete ihn von allem, was geschehen, indem er ihm die Krönchen zeigte. Kaum hatte der Obergerichtsrat aber diese angesehen, als er lachte, und rief: »Toller Schnack, toller Schnack, das sind ja die Krönchen, die ich vor Jahren an meiner Uhrkette trug, und die ich der kleinen Marie an ihrem Geburtstage, als sie zwei Jahre alt worden, schenkte. Wisst ihr's denn nicht mehr?« Weder der Medizinalrat noch die Medizinalrätin konnten sich dessen erinnern, als aber Marie wahrnahm, dass die Gesichter der Eltern wieder freundlich geworden, da sprang sie los auf Pate Droßelmeier und rief: »Ach, du weißt ja alles, Pate Droßelmeier, sag es doch nur selbst, dass mein Nussknacker dein Neffe, der junge Herr Droßelmeier aus Nürnberg ist, und dass er mir die Krönchen geschenkt hat!« – Der Obergerichtsrat machte aber ein sehr finsteres Gesicht und murmelte: »Dummer einfältiger Schnack.« Darauf nahm der Medizinalrat die kleine Marie vor sich und sprach sehr ernsthaft: »Hör mal, Marie, lass nun einmal die Einbildungen und Possen, und wenn du noch einmal sprichst, dass der einfältige missgestaltete Nussknacker der Neffe des

Herrn Obergerichtsrats sei, so werf ich nicht allein den Nussknacker, sondern auch alle deine übrigen Puppen, Mamsell Clärchen nicht ausgenommen, durchs Fenster.« – Nun durfte freilich die arme Marie gar nicht mehr davon sprechen, wovon denn doch ihr ganzes Gemüt erfüllt war, denn ihr möget es euch wohl denken, dass man solch Herrliches und Schönes, wie es Marien widerfahren, gar nicht vergessen kann. Selbst – sehr geehrter Leser oder Zuhörer Fritz – selbst dein Kamerad Fritz Stahlbaum drehte der Schwester sogleich den Rücken, wenn sie ihm von dem Wunderreiche, in dem sie so glücklich war, erzählen wollte. Er soll sogar manchmal zwischen den Zähnen gemurmelt haben: »Einfältige Gans!«, doch das kann ich seiner sonst erprobten guten Gemütsart halber nicht glauben, so viel ist aber gewiss, dass, da er nun an nichts mehr, was ihm Marie erzählte, glaubte, er seinen Husaren bei öffentlicher Parade das ihnen geschehene Unrecht förmlich abbat, ihnen statt der verlornen Feldzeichen viel höhere, schönere Büsche von Gänsekielen anheftete, und ihnen auch wieder erlaubte, den Gardehusarenmarsch zu blasen. Nun! – wir wissen am besten, wie es mit dem Mut der Husaren aussah, als sie von den hässlichen Kugeln Flecke auf die roten Wämser kriegten! –

Sprechen durfte nun Marie nicht mehr von ihrem Abenteuer, aber die Bilder jenes wunderbaren Feenreichs umgaukelten sie in süßwogendem Rauschen und in holden lieblichen Klängen; sie sah alles noch einmal, sowie sie nur ihren Sinn fest darauf richtete, und so kam es, dass sie, statt zu spielen, wie sonst, starr und still, tief in sich gekehrt, dasitzen konnte, weshalb sie von allen eine kleine

Träumerin gescholten wurde. Es begab sich, dass der Obergerichtsrat einmal eine Uhr in dem Hause des Medizinalrats reparierte, Marie saß am Glasschrank und schaute, in ihre Träume vertieft, den Nussknacker an, da fuhr es ihr wie unwillkürlich heraus: »Ach, lieber Herr Droßelmeier, wenn Sie doch nur wirklich lebten, ich würd's nicht so machen, wie Prinzessin Pirlipat, und Sie verschmähen, weil Sie, um meinetwillen, aufgehört haben, ein hübscher junger Mann zu sein!« In dem Augenblick schrie der Obergerichtsrat: »Hei, hei – toller Schnack.« – Aber in dem Augenblick geschah auch ein solcher Knall und Ruck, dass Marie ohnmächtig vom Stuhle sank. Als sie wieder erwachte, war die Mutter um sie beschäftigt, und sprach: »Aber wie kannst du nur vom Stuhle fallen, ein so großes Mädchen! – Hier ist der Neffe des Herrn Obergerichtsrats aus Nürnberg angekommen – sei hübsch artig!« – Sie blickte auf, der Obergerichtsrat hatte wieder seine Glasperücke aufgesetzt, seinen gelben Rock angezogen, und lächelte sehr zufrieden, aber an seiner Hand hielt er einen zwar kleinen, aber sehr wohlgewachsenen jungen Mann. Wie Milch und Blut war sein Gesichtchen, er trug einen herrlichen roten Rock mit Gold, weißseidene Strümpfe und Schuhe, hatte im Jabot ein allerliebstes Blumenbukett, war sehr zierlich frisiert und gepudert, und hinten über den Rücken hing ihm ein ganz vortrefflicher Zopf herab. Der kleine Degen an seiner Seite schien von lauter Juwelen, so blitzte er, und das Hütlein unterm Arm von Seidenflocken gewebt. Welche angenehme Sitten der junge Mann besaß, bewies er gleich dadurch, dass er Marien eine Menge herrlicher Spielsachen, vorzüglich aber den schönsten Marzipan und dieselben Figuren, welche der Mausekönig zerbissen, dem Fritz aber einen wunderschönen Säbel mitgebracht hatte. Bei Tische knackte der Artige für die ganze Gesellschaft Nüsse auf, die härtesten widerstanden ihm nicht, mit der rechten Hand steckte er sie in den Mund, mit der linken zog er den Zopf an – Krak – zerfiel die Nuss in Stücke! – Marie war glutrot geworden, als sie den jungen artigen Mann erblickte, und noch röter wurde sie, als nach Tische der junge Droßelmeier sie einlud, mit ihm in das Wohnzimmer an den Glasschrank zu gehen. »Spielt nur hübsch miteinander, ihr Kinder, ich habe nun, da alle meine Uhren richtig gehen, nichts dagegen«, rief der Obergerichtsrat. Kaum war aber der junge Droßelmeier mit Marien allein, als er sich auf ein Knie niederließ, und also sprach: »O meine allervortrefflichste Demoiselle Stahlbaum, sehn Sie hier zu Ihren Füßen den beglückten Droßelmeier, dem Sie an dieser Stelle das Leben retteten! – Sie sprachen es gütigst aus, dass Sie mich nicht wie die garstige Prinzessin Pirlipat verschmähen wollten, wenn ich Ihretwillen hässlich geworden! – Sogleich hörte ich auf ein schnöder Nussknacker zu sein, und erhielt meine vorige nicht unangenehme Gestalt wieder. O vortreffliche Demoiselle, beglücken Sie mich mit Ihrer werten Hand, teilen Sie mit mir Reich und Krone, herrschen Sie mit mir auf Marzipanschloss, denn dort bin ich jetzt König!« – Marie hob den Jüngling auf, und sprach leise: »Lieber Herr Droßelmeier! Sie sind ein sanftmütiger guter Mensch, und da Sie dazu noch ein anmutiges Land mit sehr hübschen lustigen Leuten regieren, so nehme ich Sie zum Bräutigam an!« – Hierauf wurde Marie sogleich

Droßelmeiers Braut. Nach Jahresfrist hat er sie, wie man sagt, auf einem goldnen von silbernen Pferden gezogenen Wagen abgeholt. Auf der Hochzeit tanzten zweiundzwanzigtausend der glänzendsten mit Perlen und Diamanten geschmückten Figuren, und Marie soll noch zur Stunde Königin eines Landes sein, in dem man überall funkelnde Weihnachtswälder, durchsichtige Marzipanschlösser, kurz, die allerherrlichsten wunderbarsten Dinge erblicken kann, wenn man nur darnach Augen hat.

Das war das Märchen vom Nussknacker und Mausekönig.

Zu dieser Ausgabe

E. T. A. Hoffmanns Erzählung ist zuerst in den *Kinder-Mährchen* von E. W. Contessa [Carl Wilhelm Salice-Contessa], Friedrich Baron de la Motte Fouqué und E. T. A. Hoffmann, Berlin: In der Realschulbuchhandlung, 1816, erschienen. 1819 hat der Autor *Nussknacker und Mausekönig* in den ersten Band seiner vierbändigen Erzählsammlung *Die Serapions-Brüder* übernommen. Dieser Fassung folgt die vorliegende Ausgabe:

> Die Serapions-Brüder. Gesammelte Erzählungen und Mährchen. Herausgegeben von E. T. A. Hoffmann. Erster Band. Berlin: Bei G. Reimer, 1819. S. 466–598.

Die Orthographie wurde auf der Grundlage der gültigen amtlichen Rechtschreibung behutsam und unter Wahrung des Lautstands modernisiert; grammatische Eigenheiten blieben unangetastet. Auf S. 9, Z. 24, wurde »erinnerten« in der Vorlage zu »erinnerte« korrigiert, auf S. 32, Z. 8, vor »Tambour« ein Gedankenstrich eingefügt. Sperrsatz sowie der Wechsel von der Fraktur zur Antigua bei fremdsprachigen Ausdrücken werden kursiv wiedergegeben. Stillschweigend eingegriffen wurde bei der Wiedergabe von wörtlicher Rede oder von Gedanken: Beides beginnt hier grundsätzlich mit der Großschreibung; die mitunter fehlenden Anführungszeichen wurden ergänzt, das schließende Anführungszeichen steht jeweils vor dem Komma. Ansonsten folgt die Interpunktion der Vorlage.

Anmerkungen

7,23 f. *Perücke ... von Glas:* Perücke aus gesponnenen Glasfasern.

15,25 *Matin:* weiter Ärmelrock.

26,7 f. *drei Skaramuzze, ein Pantalon:* Figuren der Commedia dell'arte: Der Skaramuz gilt als prahlerische Figur; der Pantalon als selbstverliebter und geiziger Typus, oftmals Opfer von Intrigen.

27,5 *Devisenfiguren:* gebackene Figuren, in denen kleine Zettel mit Wahlsprüchen versteckt sind.

31,11 *herausdebouchiert:* (frz.) hervorgerückt.

31,17 f. *en quarré plein:* frz. *en carré*; militärischer Terminus, der eine Gefechtsformation der Infanterie mit nach allen vier Seiten geschlossenen Fronten beschreibt; *plein* ›gefüllt‹ (in der Druckvorlage »plain«).

32,16 *Chasseurs:* (frz.) Jäger.

32,27 *Tirailleurs:* Schützen der französischen Infanterie, die außerhalb der Gefechtsordnung kämpften.

35,16 f. *Geschichte vom Prinzen Fakardin:* Bezug zum Märchen *Les quatres Facardin* des schottischen Adligen Anthony of Hamilton (Antoine Hamilton; um 1645 – 1719), eines Soldaten und Schriftstellers, der als Katholik ins Exil nach Frankreich ging; in der deutschen Übersetzung 1790 als *Feengeschichten* erschienen, an denen sich Hoffmann hier orientierte.

50,25 f. *Peterwardein:* heute Petrovaradin, Stadt in Serbien, in deren Nähe 1716 die Schlacht von Peterwardein während des 6. Österreichischen Türkenkriegs zwischen der kaiserlichen und osmanischen Armee stattfand.

52,28 *Charakteren:* hier: Buchstaben.

63,14 *Dragantpuppen:* Gebäck in Puppenform, bestehend aus einer Zuckermasse, die Tragant enthielt, die süße gummiartige Harzausscheidung des Astralagusstrauchs.

64,1 *Pachter Feldkümmel:* Anspielung auf August von Kotzebues Fastnachtsspiel *Pachter Feldkümmel von Tippelskirchen* (1811).

72,12 f. *Reglisse:* (frz.) Lakritze.

Literaturhinweise

E. T. A. Hoffmann: Nußknaker und Mausekönig. In: Kinder-Mährchen von E. W. Contessa [Carl Wilhelm Salice-Contessa], Friedrich Baron de la Motte Fouqué und E. T. A. Hoffmann. Berlin: In der Realschulbuchhandlung, 1816. S. 115–271.

Die Serapions-Brüder. Gesammelte Erzählungen und Mährchen. Herausgegeben von E. T. A. Hoffmann. Erster Band. Berlin: Bei G. Reimer, 1819. S. 466–598.

E. T. A. Hoffmann: Sämtliche Werke in sechs Bänden. Hrsg. von Wulf Segebrecht und Hartmut Steinecke unter Mitarb. von Gerhard Allroggen und Ursula Segebrecht. Bd. 4: Die Serapions-Brüder. Hrsg. von Wulf Segebrecht unter Mitarb. von Ursula Segebrecht. Frankfurt a. M.: Deutscher Klassiker Verlag, 2001. S. 241–306.

Boy, Alina: Marie im Wunderland. Animation und Imagination in Hoffmanns *Nussknacker und Mausekönig*. In: E. T. A. Hoffmann-Jahrbuch 24 (2016) S. 34–48.

Gaderer, Rupert: Poetik der Technik. Elektrizität und Optik bei E. T. A. Hoffmann. Freiburg i. Br. 2009. S. 69–90.

Heimes, Alexandra: *Nußknacker und Mausekönig*. In: E. T. A. Hoffmann. Leben – Werk – Wirkung. Hrsg. von Detlef Kremer. 2., erw. Auflage. Berlin/Boston 2012. S. 287–297.

Kümmerling-Meibauer, Bettina: Kinder- und Jugendliteratur. Eine Einführung. Darmstadt 2012. S. 84–93.

Le Berre, Aline: Hoffmanns *Nußknacker und Mausekönig*, eine Parodie auf das Kindermärchen. In: Das Populäre. Untersuchungen zu Interaktionen und Differenzierungsstrategien in Literatur, Kultur und Sprache. Hrsg. von Olivier Agard, Christian Helmreich und Hélène Vinckel-Roisin. Göttingen 2010. S. 93–107.

Matt, Peter von: Die Augen der Automaten. E. T. A. Hoffmanns Imaginationslehre als Prinzip seiner Erzählkunst. Tübingen 1971.

Neumann, Gerhard: Puppe und Automate. Inszenierte Kindheit in E. T. A. Hoffmanns Sozialisationsmärchen *Nußknacker und Mausekönig*. In: Jugend – ein romantisches Konzept? Hrsg. von Günter Oesterle. Würzburg 1997. S. 135–160.

Pietzcker, Carl: *Nussknacker und Mäusekönig*. Gründungstext der Phantastischen Kinder- und Jugendliteratur. In: E. T. A. Hoffmann: Romane und Erzählungen. Interpretationen. Hrsg. von Günter Saße. Stuttgart 2004. (Reclams Universal-Bibliothek. 17526) S. 182–198.

Schmaus, Marion: *Nußknacker und Mausekönig. Ein Weihnachtsabend* (1816). In: E. T. A. Hoffmann-Handbuch. Leben – Werk – Wirkung. Hrsg. von Christine Lubkoll und Harald Neumeyer. Stuttgart 2015. S. 100–103.

Schmidt, Maike: »Wenn man nur darnach Augen hat«. Zur romantischen Poetizität in E. T. A. Hoffmanns *Nußknacker und Mäusekönig*. In: Logik der Prosa. Zur Poetizität ungebundener Rede. Hrsg. von Astrid Arndt, Christoph Deupmann und Lars Korten. Göttingen 2012. S. 185–197.

Segebrecht, Wulf: E. T. A. Hoffmanns *Nußknacker und Mausekönig* – nicht nur ein Weihnachtsmärchen. In: E. T. A. Hoffmann-Jahrbuch 17 (2009) S. 62–87.

Vitt-Maucher, Gisela: E. T. A. Hoffmanns Märchenschaffen. Kaleidoskop der Verfremdung in seinen sieben Märchen. Chapel Hill 1989. S. 41–58.

Nachwort

Ein Märchen für Kinder und Erwachsene

E. T. A. Hoffmanns Märchen *Nussknacker und Mausekönig* ist im Jahr 1816 entstanden und erschien erstmals kurz vor Weihnachten desselben Jahres in der Sammlung der *Kinder-Mährchen*, die Hoffmann gemeinsam mit E. W. Contessa (eigentlich Carl Wilhelm Franz C.) und Friedrich de la Motte Fouqué im Verlag Georg Reimers herausgab. Erinnert der Titel der Sammlung zunächst an die kurz zuvor erschienenen *Kinder- und Hausmärchen* (zwei Bände, 1812/15) der Brüder Grimm, so zeigt sich doch für die von Hoffmann mitverantworteten Kindermärchen, und insbesondere für seinen *Nussknacker*, eine Umschrift der Grimm'schen Gattung. Das Märchen enthält zwar Elemente des traditionellen Volksmärchens, setzt sich als romantisches Kunstmärchen von der Poetologie der Gebrüder Grimm allerdings dezidiert ab. Anstelle der Grimm'schen volkstümlichen, eher geradlinigen Erzählanlage weist Hoffmanns Märchen eine verschachtelte Handlung auf. Im Fokus stehen dabei die für Hoffmanns Duplizitätsstruktur üblichen Uneindeutigkeiten und Ambivalenzen bezüglich des Dualismus von alltäglicher, philisterhafter Realität und künstlerischer Phantasie. 1819 erscheint *Nussknacker und Mausekönig* erneut im ersten Band von Hoffmanns Erzählsammlung *Die Serapions-Brüder.* Der Novellenzyklus besteht aus insgesamt vier Bänden – die folgenden erscheinen 1819, 1820 und 1821 – und versammelt verschiedenste Texte, darunter nicht nur Novellen, sondern auch weitere Märchen, Fragmente und Anekdoten. Realhistorisches Vorbild für die erzählenden Serapionsbrüder Lothar, Cyprian, Theodor, Ottmar, Sylvester und Vinzenz ist der in Berlin entstehende literarische Kreis um Hoffmann selbst sowie die Mitherausgeber der *Kinder-Mährchen* Carl Wilhelm Contessa und Friedrich de la Motte Fouqué, die an ›Seraphinen-Abenden‹ regelmäßig verschiedene literarische und poetische Diskussionen führten. Die (fiktiven wie realen) Serapionsbrüder orientierten sich für ihre Kindermärchen an Ludwig Tiecks Märchensammlung *Phantasus*, die von den Serapionsbrüdern im Rahmengespräch des Erzählbandes lobend erwähnt wird. Die Tradition französischer Feenmärchen stellt ein weiteres Vorbild der *Kinder-Mährchen* dar. Im Werk E. T. A. Hoffmanns lässt sich neben *Nussknacker und Mausekönig* kein vergleichbares Kindermärchen finden, wenngleich es ein weiteres Kindermärchen, *Das fremde Kind*, gibt, das allerdings weitaus weniger komplex gestaltet ist als der *Nussknacker*.

Im Rahmengespräch diskutieren die fiktionalen Serapionsbrüder (wohl mit Recht) auch darüber, inwiefern *Nussknacker und Mausekönig* überhaupt als Kindermärchen geeignet sei. Ähnlich wie Hoffmanns *Goldner Topf* ist auch dieses Märchen nicht einfach ein (Kinder-)Märchen, sondern muss als romantisches Kunstmärchen vielmehr als reflexiver Kommentar über die Gattung des Märchens und die poetische Imagination gelesen werden. Insofern richtet sich der Text aufgrund seines komplexen poetologischen Gehalts, des verschachtelten Aufbaus und der zuweilen drastischen Darstellungen auch an eine erwachsene Leserschaft. Ebendieser Umstand wird auch in der zunächst eher verhaltenen zeitgenössischen Rezeption kritisiert; die für Kinder eigentlich ungeeignete Komplexität des Textes wurde als Unfähigkeit Hoffmanns verstanden, ein kindgerechtes Märchen zu verfassen. In der Rahmendiskussion der *Serapions-Brüder* wird dieser Vorwurf vom Serapionsbruder Lothar, der als *double* des Autors betrachtet werden kann, mit einem Kommentar versehen, der den Kindern die Fähigkeit zum Verständnis komplexerer Märchen zuschreibt: »Es ist [...] überhaupt meines Bedünkens ein großer Irrtum, wenn man glaubt, daß lebhafte fantasiereiche Kinder, von denen hier nur die Rede sein kann, sich mit inhaltsleeren Faseleien, wie sie oft unter dem Namen Märchen vorkommen, begnügen« (zit. nach: Hoffmann, *Sämtliche Werke*, Bd. 4, S. 306). Die Diskussion um die kindgerechte Eignung des Textes spiegelt dabei nicht nur pädagogische und entwicklungstheoretische Umbrüche der Zeit um 1800, sondern ebenfalls poetische Vorstellungen der Romantik wider, die der Kindheit als eigenständiger Entwicklungsstufe erstmals einen höheren, mithin idealisierten Stellenwert zuschreibt. E.T.A. Hoffmann stellt dagegen mit seinem Märchen, ähnlich wie auch im Nachtstück *Der Sandmann*, die psychologische Brüchigkeit der kindlichen Phantasie aus.

Die weitere Rezeption des *Nussknackers* umfasst vielfache literarische und mediale Adaptionen, die von der Prägung der Hoffmann'schen »kinderliterarischen Phantastik« (Kümmerling-Meibauer 2012, S. 93) beeinflusst sind. Darunter fällt in erster Linie das strukturelle Motiv der zauberhaften Parallelwelt, wie es auch prominent in

Lewis Carolls *Alice's Adventures in Wonderland* (1865) zu finden ist. Auch das Motiv des verlebendigten Nussknackers, das seine Verbreitung durch Peter Tschaikowskis Ballett *Der Nussknacker* (1892) gefunden hat, geht auf Hoffmann zurück. Die Vorlage für diese berühmteste Inszenierung des *Nussknacker*-Stoffes geht auf eine freie Adaption von Hoffmanns Text durch Alexandre Dumas' *L'histoire d'un casse-noisette* (1845) zurück, die, anders als oft angenommen, keine originaltreue Übersetzung von Hoffmanns Text darstellt. In vielen weiteren europäischen Kinderbüchern des 19. und 20. Jahrhunderts finden sich intertextuelle Referenzen und Adaptionen einzelner Inhalts- oder Strukturmerkmale des *Nussknackers*, etwa in Hans Christian Andersens *Den lille Idas blomster* (1835; dt. *Die Blumen der kleinen Ida*), Pamela Travers' *Mary Poppins* (1934) oder Michael Endes *Die Unendliche Geschichte* (1979). Auch filmisch wird der *Nussknacker* immer wieder umgesetzt, zuletzt 2018 bei Disney als *Der Nussknacker und die vier Reiche.* In diesen zahlreichen modernen Adaptionen von Hoffmanns Märchenstoff werden bestimmte Passagen modifiziert oder ausgelassen, um eine kindgerechte Geschichte zu erzeugen. Hoffmanns Text, das macht gerade der Vergleich mit den geglätteten Versionen deutlich, ist von erschreckenden Ereignissen durchzogen, die die Schattenseite der wundersamen Märchenwelt offenbaren. Seinen Ursprung findet das phantastische Geschehen in der Imaginationskraft der Protagonistin Marie, die die wunderbare Welt um den Nussknacker und dessen Königreich zum Leben erweckt.

Der Weihnachtsabend der gutbürgerlichen Familie Stahlbaum bildet den Ausgangspunkt des *Nussknackers* und verortet die Handlung des Märchens damit zunächst in einem realistischen Setting. Als Initiationsmärchen gelesen, erzählt der Text von Maries erfolgreicher Sozialisation in die bürgerliche Gesellschaft, die mit ihrer Hochzeit am Ende schließt (vgl. Neumann 1997). Im Laufe der Erzählung eröffnen sich jedoch nach und nach drei verschiedene Erzähl- und Realitätsebenen, wodurch die »Bildungsgeschichte« (Schmaus 2015, S. 101) Maries mit Ambivalenzen versehen wird. Zur alltäglichen Wirklichkeitsebene der Familie Stahlbaum tritt neben dem phantastischen »Puppenreich« (S. 70), in das Marie und der Nussknacker reisen und über das sie schließlich herrschen, noch die Binnenerzählung des »Märchens von der harten Nuss«, das mit Prinzessin Pirlipat eine bösartige Spiegelungsfigur Maries präsentiert. Mit der verschachtelten Erzählanlage geht eine Überblendung von Phantastischem und Alltäglichem einher, die ontologische Verunsicherungen der Geschehnisse in Szene setzt und verschiedene Perspektiven auf das Märchen eröffnet. Der *Nussknacker* kann als Kommentar auf zeitgenössische historisch-politische Umbrüche sowie auf die europäische Märchentradition gelesen werden (vgl. Schmaus 2015, S.102). Ihren Ursprung finden die unterschiedlichen Wirklichkeits- und Erzählebenen, so lässt es sich auch betrachten, in der Verlebendigung des Nussknackers durch Maries imaginativen Blick. Die Entdeckung und Anthropomorphisierung des Nussknackers am

Weihnachtsabend setzt einen Imaginationsprozess in Gang, der die Erzählung fortan über Maries imaginativ überformte Wahrnehmung des Geschehens strukturiert. Eröffnet wird so ein Spannungsfeld zwischen phantastischer und alltäglicher Ebene, das das Geschehen zwischen diesen beiden Ebenen wechseln lässt und Maries Initiation an ihre Imaginationskraft koppelt.

Den Ausgangspunkt dieses Prozesses bildet die erste Begegnung zwischen Marie und dem Nussknacker im weihnachtlichen Prunkzimmer der Familie Stahlbaum. Marie ist von dem »sehr vortreffliche[n] kleine[n] Mann« (S. 15), den sie in der hinteren Ecke des Wohnzimmers entdeckt und »auf den ersten Blick liebgewonnen« (S. 16) hat, sofort fasziniert. Aus ihrer Perspektive erscheint der hölzerne Nussknacker von Beginn an menschlich, verwiesen wird etwa auf »die propre Kleidung […], welche auf einen Mann von Geschmack und Bildung schließen ließ« (S. 15). Beobachten lässt sich ein Initiationsmoment, der Maries Faszination und Fixierung auf den Nussknacker einleitet und sich über eine einschlägige Blickkonfiguration abspielt. So scheint der Nussknacker Maries Blick aus seinen »hellgrünen, etwas zu großen hervorstehenden Augen« (S. 16) zu erwidern: »Freund Nussknacker [machte] ein ganz verdammt schiefes Maul, und aus seinen Augen fuhr es heraus, wie grünfunkelnde Stacheln. In dem Augenblick aber, dass Marie sich recht entsetzen wollte, war es ja wieder des ehrlichen Nussknackers wehmütig lächelndes Gesicht, welches sie anblickte« (S. 21 f.). Über Maries Blick auf den Nussknacker erscheint dieser zunehmend lebendiger und menschlicher zu werden, bis es schließlich zur vollständigen Verlebendigung der Holzpuppe und der anderen Spielzeuge, bis hin zur Verwandlung in einen Menschen kommt. Unter dem imaginativen Blick gerät hier ein unbelebtes Objekt zur Projektionsfläche und erweckt schließlich den Eindruck der Lebendigkeit. Diese Konstellation lässt sich mit Ovid seit der Antike paradigmatisch im Pygmalion-Mythos finden. Die geschlechtsspezifische Blickkonfiguration – der männliche, produktive Schöpfer blickt auf das von ihm erschaffene, weibliche Objekt – zieht sich seitdem durch die Literatur- und Kunstgeschichte. Zu finden ist das Pygmalion-Motiv auch in Hoffmanns *Sandmann*, in dem Nathanaels narzisstisch besetzte Liebe zur eigentlich leblosen Automate Olimpia sich ebenfalls über seinen projektiv-verzerrten Blick definiert. Im *Nussknacker* wird die Geschlechterverteilung nun umgekehrt: Es ist die kleine Marie, die auf den männlichen Nussknacker schaut, diesen mit Projektionen belegt und unter ihrem Blick zum Leben erweckt. Marie wird so zur produktiven und kreativen Schöpferin, womit eine Verschiebung der tradierten Pygmalion-Konfiguration in Szene gesetzt ist. Im Zusammenhang mit der darauffolgenden Schlacht zwischen dem Nussknacker und der Mäusearmee eröffnet sich eine imaginative Sphäre, die von Maries Imaginationskraft konstituiert ist, über die die Spielzeuge zum Leben erweckt werden. Inwiefern Maries phantastische Erlebnisse tatsächlich geschehen und Teil einer wunderbaren Welt oder doch kindliche oder gar pathologische Einbildungen sind, lässt der Text bis zum Schluss offen.

Der Imaginationskraft ist in E. T. A. Hoffmanns Werk

besondere Bedeutsamkeit zuzuschreiben. Sie fungiert als Kraft im Inneren des Künstlers, dem mit Hoffmanns ›serapiontischem Prinzip‹ ein autonomes kreatives Vermögen zugeschrieben wird; viele der Hoffmann'schen Figuren verfügen über eine ausgeprägte Imaginationskraft, die die Duplizität von gewöhnlicher und phantastischer Ebene eröffnet. Das serapiontische Prinzip findet sich als produktionsästhetische Regel in der ersten Erzählung der *Serapions-Brüder* formuliert: Als Namengeber fungiert der Einsiedler Serapion, der als »wahrhafte[r] Dichter« (zit. nach: Hoffmann, *Sämtliche Werke*, Bd. 4, S. 68) im Sinne der Romantik physisch wie auch geistig abseits von Welt und Gesellschaft lebt. Zentral für das serapiontische Prinzip ist die ›innere Schau‹, die innere Bilder im Äußeren zu Kunst transformiert und sich von den Serapionsbrüdern folgendermaßen formuliert findet: »Jeder prüfe wohl, ob er auch wirklich das geschaut, was er zu verkünden unternommen, ehe er es wagt laut damit zu werden. Wenigstens strebe jeder recht ernstlich darnach, das Bild, das ihm im Innern aufgegangen recht zu erfassen mit allen seinen Gestalten, Farben, Lichtern und Schatten, und dann, wenn er sich recht entzündet davon fühlt, die Darstellung ins äußere Leben zu tragen« (ebd., S. 69). Die hier beschriebene Poetik der inneren Schau ist anti-mimetisch und beruht auf der ausgeprägten kreativen Imaginationskraft des Künstlers, welcher sich der Duplizität der Alltagswelt und der phantastisch-poetischen Realitätsebene bewusst ist. Die Imaginationskraft ermöglicht es ihm, die vollkommene Gestaltung des Kunstwerks in seinem Inneren zu erblicken. Das im Inneren bereits vorhandene, genialische Kunstwerk muss zur ästhetischen Produktion in die Außenwelt übertragen werden, indem es auf eine äußere ›Leinwand‹ projiziert wird. Das serapiontische Prinzip lässt sich damit als Projektionsvorgang verstehen, der die ästhetische Produktion mit optisch-medialen Blickkonstellationen verknüpft (vgl. Gaderer 2009). In gleicher Weise findet auch die Verlebendigung des Nussknackers durch Marie statt.

Die Opposition zwischen der genialischen Innenwelt und der gewöhnlichen Außenwelt wird durch die Imaginationskraft überbrückt; sie ist eine zentrale Komponente des serapiontischen Prinzips. Seit der Antike bewegt sie sich in einem Spannungsverhältnis zwischen ihrer schöpferischen und destruktiven Form: Wird die Imagination nicht vom männlich codierten Verstand reguliert, droht sie pathologisch und unkontrollierbar zu werden. Die Ambivalenz der Imagination weist damit eine geschlechtsspezifische Konzeption auf, die sich teilweise auf die voraufklärerische medizinische Imaginationslehre zurückführen lässt. Diese schreibt Frauen eine destruktive mütterliche Imaginationskraft zu, mittels derer sie für pränatale Missbildungen von Babys verantwortlich gemacht wurden. Während die männlich codierte produktive und durch die Vernunft regulierte Imaginationskraft kreative, geniale Kunst hervorbringt, wird der weiblichen Imaginationskraft eine pathologische Wirkung zugeschrieben. Die dem serapiontischen Prinzip zugrundeliegende Imaginationskraft ist in Anknüpfung an den traditionellen Imaginationsdiskurs ebenfalls von Ambivalenz geprägt: In der künstlerischen Produktion ist sie eine autonome Kraft von enormem schöpferischen Potenzial. Gelingt dem Künstler aber die Transformation des im Inneren ›geschauten‹ Kunstwerkes in die Außenwelt nicht mehr, bleibt er in seiner Imaginationskraft gefangen und lebt, wie der Einsiedler Serapion, nur noch in deren inneren Bildern.

Die beiden Pole der Imaginationskraft – geniale Kunstschöpfung und Wahnsinn – werden im serapiontischen Prinzip enggeführt. E. T. A. Hoffmanns Nathanael im *Sandmann*, Anselmus im *Goldnen Topf* und der Namengeber Serapion selbst sind die wohl prominentesten Beispiele für Figuren, die zwischen Genie und Wahnsinn angesiedelt sind. Sind die genannten Protagonisten männlich, haben wir es bei Marie in *Nussknacker und Mausekönig* mit einem jungen Mädchen zu tun, das durch seine Imaginationskraft Spielzeuge zum Leben erweckt – allen voran den Nussknacker – und darüber seine eigene phantastische Welt generiert. Indem Marie die Position der produktiv wirkenden Schöpferin einnimmt, werden die tradierten Geschlechtszuschreibungen des Imaginations- und Kunstdiskurses in Hoffmanns Märchen umgekehrt.

Ende gut, alles gut?

Mit Maries Besuch in der Parallelwelt des Nussknackers eröffnet sich die phantastische Sphäre des Textes, zwischen der Marie und der Nussknacker oszillieren und die Elemente aller Erzählebenen miteinander vereint. Ob Maries Erlebnissen im Puppen- und Feenreich, das mit seinem »Limonadenstrom«, »Mandelmilchsee« und »Honigstrome« (S. 73) an ein Schlaraffenland erinnert, der Status der Realität zukommt, bleibt unsicher. Nach ihrer Rückkehr aus dem Puppenreich ist es Marie von ihren Eltern verboten, über ihre phantastischen Abenteuer mit dem lebendigen Nussknacker zu sprechen: »Wie kannst du, du albernes Mädchen nur glauben, dass diese Nürnberger Holzpuppe Leben und Bewegung haben kann« (S. 84). Und der Vater mahnt, wenn »du noch einmal sprichst, dass der einfältige missgestaltete Nussknacker der Neffe des Herrn Obergerichtsrats sei, so werf ich nicht allein den Nussknacker, sondern auch alle deine übrigen Puppen [...] durchs Fenster« (S. 85 f.). Die Drohungen und das Unverständnis der Eltern führen dazu, dass sich Marie fast nur noch in ihre Imaginationen zurückzieht, vom wunderbaren Puppenreich träumt und »statt zu spielen, wie sonst, starr und still, tief in sich gekehrt« dasitzt (S. 86). Aufgerufen ist hiermit auch die bei Hoffmann oftmals zu findende Opposition zwischen Künstler- und Philistertum, das von der gutbürgerlichen Familie Stahlbaum repräsentiert wird. Marie dagegen steht, ähnlich wie etwa Anselmus im *Goldnen Topf*, außerhalb der alltäglichen Welt der Philister und nimmt damit die isolierte Position einer genialen Künstlerin ein – eine Position, die in der Genieästhetik eigentlich männlich codiert ist. Die phantastischen Erlebnisse, die nur Marie zugänglich sind, stoßen in der gewöhnlichen Welt auf Unverständnis.

Gekoppelt sind die Uneindeutigkeiten der Erzählung wie auch die phantastischen Erlebnisse Maries neben dem Nussknacker auch an die Figur des Paten Droßelmeier, der in verschiedenen Rollen und Repräsentationen auf allen

Erzählebenen erscheint. Er schenkt Marie den Nussknacker zu Weihnachten, als Erzähler des »Märchens von der harten Nuss« initiiert er zudem den Mythos um die (Zurück-)Verwandlung des Nussknackers in einen Menschen und setzt Maries Imaginationsprozess in Gang. Einige Elemente von Droßelmeiers Binnenmärchen lassen sich versatzstückartig immer wieder auf den verschiedenen Erzählebenen finden, die sich nicht mehr eindeutig voneinander trennen lassen. Unklar bleibt bis zum Schluss, ob das phantastische Puppenreich eine existente Parallelwelt darstellt, die nur Marie zugänglich ist, oder ob es sich um eine von Maries exzessiver Imaginationskraft erzeugte wahnhafte Sphäre handelt. So lässt sich der Schluss des *Nussknackers*, der auf den ersten Blick ein für ein Märchen typisches Happy End präsentiert, auch anders lesen. Maries Hochzeit und anschließende Krönung zur Königin des »wunderbaren Feenreichs« mit »süßwogendem Rauschen« und »holden lieblichen Klängen« (S. 86) suggeriert eine unrealistische Anlage des Geschehens. Das Puppenreich, bestehend aus jeder »Menge herrlicher Spielsachen«, dem »schönsten Marzipan« (S. 87 f.) sowie »farbig funkelnden Kristallen« und hübschen »Prinzessinnen« (S. 81), erinnert vielmehr an eine kindlich-utopische Vorstellung eines paradiesischen Schlaraffenlandes. Der Schluss der Erzählung lässt auf Maries noch sehr kindliche Phantasie schließen, wenn sie »auf einem goldnen von silbernen Pferden gezogenen Wagen« Einzug in das wundersame Land voller »Marzipanschlösser« und funkelnder »Weihnachtswälder« (S. 89) hält. Auch die hierarchische Struktur des Puppenreichs zeugt von einem kindlichen Verständnis der geschlechtlichen und gesellschaftlichen Ordnung, was nicht verwunderlich erscheint, ist Marie zum Zeitpunkt der Hochzeit doch gerade einmal acht Jahre alt. Der Text erscheint unter dieser Perspektive nicht als erfolgreiche Sozialisations- und Initiationsgeschichte, die mit Maries Eingliederung in die bürgerliche Gesellschaft endet, sondern vielmehr als Regression in die kindlich-imaginative Sphäre des Feenreichs, die den Nussknacker als Symbolfigur kindlicher Phantasie darstellt.

Der vorletzte Satz des Textes ruft diese Lesart erneut auf: »Marie soll noch zur Stunde Königin eines Landes sein, in dem man überall funkelnde Weihnachtswälder, durchsichtige Marzipanschlösser, kurz, die allerherrlichsten wunderbarsten Dinge erblicken kann, wenn man nur darnach Augen hat« (S. 89). Die erzählerische Distanzierung – Marie »soll« noch Königin des Puppenreichs sein – ruft Verunsicherungen für das Ende des Märchens auf und eröffnet Möglichkeitsräume für eine andere Lesart. In Verknüpfung mit dem Verweis auf die Augen, die für den Realitätsgehalt dieser Szenerie entsprechend vorhanden sein müssen, ist auch wieder auf den imaginativen Blick verwiesen: Nicht nur produziert erst Maries imaginativer und projektiver Blick die Verlebendigung des Nussknackers, auch das wunderbare Feenreich ist nur unter einem solchen Blick vorhanden. Maries Einzug in das phantastische Puppenreich ist demnach gleichzeitig eine Hinwendung zu den ›inneren Bildern‹, die keine Entsprechung mehr im Außen finden. Das von Marie imaginierte Feenreich lässt sich so auch als eskapistisch imaginierter Raum fassen, der Marie nicht nur in dieser phantastischen Sphäre verortet, sondern gleichzeitig die Künstlichkeit der Märchenform ausstellt. Hoffmanns Kindermärchen erzählt von facettenreichen phantastischen Dingen, die sich von den Schilderungen der ungeahnten schöpferischen Fähigkeiten der jungen Marie bis hin zum Ende des Textes als weitaus komplexer und wunderbarer erweisen, als es in den meisten Märchen der Fall ist.

Inhalt